KB144598

나는
여경이
아니라
경찰관
입니다

# 나는
## 여경이
## 아니라
장신모 지음
# 경찰관
# 입니다

행성B

POLICE

수다스럽고 웃음기 많은 나. 생각하고 느끼는 대부분이 드러나서 내가 누군지 줄곧 들킨다. 경찰보다 유치원 선생님이 더 어울린다는 말에 공감하며 산다. 끊임없이 경찰다움을 지향하면서도 경찰답다고 하면 놀라고 마는 역설적인 경찰관. '그렇게 웃다간 범인들 다 도망가겠다'라는 말에 아랑곳하지 않고, 눈가 주름을 계급장보다 무겁게 받들며 꿋꿋이 버티는 여경이다.

경찰은 나의 첫사랑이자 영원한 사랑이다. 하지만 경찰을 사랑하면 할수록, 경찰을 이해하면 할수록 틀 안에 갇혔다. 점점 마음 쓰는 일에 인색해지고, 누가 마음을 내비치면 의심부터 하는 직업병을 앓았다. 감성 놀음은 여경들의 전유물이라 할까 봐 자제하고, 눈만 깜빡여도 설치는 존재로 낙인찍힐까 봐 일에 서투른 척 연기도 했다.

그렇게 지극히 '정상적인' 경찰관의 길로 접어드는 중이었다.

불편했다. 이 길로 가야 성공도 하고, 인정도 받을 텐데 묵직하게 밀려오는 거부감의 정체는 뭘까? 진지하게 고민한 결과, 지금까지 얻은 답은 명료하다. 남을 얻으려 하지 말고, 나를 잃지 말자는 것이다. 내가 잘하고 좋아하는 것들에 집중하여, '진짜 나 진짜 경찰'로 당당하게 그리고 아름답게 살아 보자는 것이다. 내가 아는 나는 제복을 입으나 벗으나 저 사람을 도와야겠다는 본능이 꿈틀대는 사람, 눈가 주름의 깊이와 마음 씀씀이가 일치하는 사람, 성공도 중요하지만 가슴에 흔적을 남기는 인연은 더욱 소중히 여기는 사람, 남의 상처와 아픔을 전부 이해할 순 없어도 아프다는 사실은 깊게 공감하는 사람, 그리고 공감하려고 노력하는 사람이다. 나는 사람다운 경찰 그리고 경찰다운 사람을 지향한다. 두 경계를 허물며, 조금 더 사람 향기 나는 경찰로 따뜻하고 밝은 세상을 만드는 데 이바지하고 싶다.

이 책은 10년 전 누군가의 한마디에서 시작되었다. 그의 말에 용기를 내 오랫동안 가슴에 품어 왔던 작가의 꿈을 펼치기 위해 어렵게 초고를 썼고, 묵혀 놓은 지 2년이 훌쩍 지났다. '나'를 쓰면 쓸수록 낱낱이 벗겨지는 느낌에 부끄러웠고, 지우고 싶었고, 각색하고 싶었지만 그럴 때마다 경찰 양심으로 버텼다. 생각과 마음과 글이 일치하지 않아 긴 시간을 돌아왔지만, 모든 걸 벗어 버린 지금은 '진짜 나'와 만나 홀가분하다.

나의 이야기는 '꿈'으로 시작해서, '꿈'으로 인해 넘어지고 일어선 시간을 지나, '꿈'으로 끝을 맺는다. 간절함은 하늘에 닿아, 스물셋에 순경이 되었고 12년 만에 경감이 되었다. 가장 낮은 계급에서 시작해 중간관리자가 되기까지, 경찰관인 나를 형성하는 데 영향을 미쳤던 지역 경찰, 여경 기동대, 정보과, 112상황실, 교통과 이야기를 주로 담았다. 또 '여경'이라서, 그 여경이 '나'라서 겪었던 경험들도 기록했다.

행간마다 사랑하는 사람들을 꼭꼭 숨겨 놓았다. '사랑하는 사람들'은 나를 스쳐, 내 가슴에 흔적을 남기고, 이전과 다른 나로 살아가게끔 선한 영향력을 주었다. 대부분은 함께 울고 웃었던 가족과 동료들이지만, 바람처럼 스친 이름 모를 동료들, 시민들의 삶도 몰래 훔쳤다. 그들은 내 삶에 인장처럼 새겨져 있다. 쓰는 법을 몰라 일기처럼,

자랑처럼, 훈계처럼 흘러갔을 어느 이야기들에는 이 자리를 빌려 용서를 구하고 싶다. 내겐 경찰이 꿈이고, 현실이고, 행복이기에 경찰 세계를 벗어난 이야기들은 쓰기 어려웠다. 부디 경찰로 살아가며 철들어 가는 한 사람을 따뜻한 시선으로 보듬어 주길 바란다. 저마다 주어진 삶은 다르지만, 넘어지고 일어나는 포인트는 크게 다르지 않다. 자주 넘어졌지만 항상 다시 일어선 나의 이야기에 공감하고 위로받기를 바랄 뿐이다.

이 책은 경찰이 아닌 이들을 위해 쓴 것 같지만, 경찰이 읽으면 공감할 부분도 꽤 있다. 꿈이 있는 사람이 읽으면 좋지만, 꿈이 없는 사람도 환영한다. 여자가 읽으면 좋지만, 남자가 읽어도 고맙다. 청춘이 읽으면 뿌듯하겠지만, 엄마가 읽는다면 눈물이 날 것 같다. 무엇보다 경찰을 꿈꾸고 준비 중인 여성에게 조금 더 도움이 될 것 같다.

선배로서 '멘토' 역할을 기꺼이 맡아 줄 의향도 있다.

# 경찰을
# 꿈꾸다

시골 소녀가 경찰이 되기까지

# 너의 삶을
# 살아도 괜찮아

 딸 넷 그리고 아들 하나. 나는 오 남매 중 셋째 딸로 태어났다. 두메산골에서 딸 넷이 연이어 태어났다는 사실은 큰일이다. 태어날 때는 울기 바빠 몰랐는데, 클수록 부모님이 다리 밑에 버리지 않아 다행이라고 생각했다.

'나'라는 존재는 팔공산 뒷자락 작은 시골 마을에서 시작되었다. 어릴 때부터 '공부해라'라는 소리 한 번 들어본 적 없는 우리 자매들. 공부를 잘해서가 아니라 생계유지도 벅찼던 부모님께 자식들 공부는 사치였다. 그래도 가난만큼은 대물림하지 않겠다며 최선을 다해 살아오신 부모님 덕분에 지금의 내가 있다.

나의 자매들은 가족 공동체의 운명을 태어난 차례대로 무겁게, 조금 무겁게, 적당하게, 가볍게 짊어졌다. 나는 고맙게도 셋째였다. 언니들이 닦아 놓은 길 덕분에 나는 나만의 길을 걸어도 괜찮았다. '선도 안 보고 데리고 간다'라는 그 셋째가 아니라 '너는 너의 삶을 살아도 괜찮다'라는 셋째! 힘들 땐 언니들 뒤에 숨기도 하고, 부모님께 무엇을 요구할 땐 언니들을 앞세워 쉽게 얻어 내기도 했다.

당시 우리 집은 백 가구 남짓 사는 작은 마을에서 버스 정류장을 운영했다. 버스 한 대가 전진과 후진을 서너 번 해야 겨우 돌아나갈 수 있는 마당을 소유한 덕분이었다. 버스 종점이자 구멍가게를 운영하고 있어서 경찰관들은 순찰 코스로 우리 집을 포함했다. 그 덕분에 제복 입은 경찰관이 무섭기보다는 친숙했고, 편히 오가는 이웃 같았다.

시골에서는 경찰을 최고의 직업으로 치는데, 아버지는 순찰 삼아 경찰관들이 찾아오면 음료수며 식사며 아낌없이 내주셨다. 엄마는 별 도움도 안 되고 살림만 축내는데 뭘 그리 지극정성으로 대접하느냐며 눈살을 찌푸리곤

했다. 아버지는 경찰을 좋아하셨고, 경찰이라는 직업에 동경을 가지고 계셨다.

배우지 못한 게 한이라던 아버지, 아버지의 동경 속에 자리한 경찰! 아버지는 여느 부모님처럼 자신이 배우지 못한 한을 자식의 성공으로 풀고 싶어 하셨다. 기왕이면 딸 중에서 여경이 나오면 좋겠다고 바라셨다. 덕분에 나는 경찰이라는 꿈을 자연스럽게 품게 되었는지 모른다. 왠지 그래야 할 것 같고, 그러면 부모님께 힘이 될 것 같았다.

부모님 등 뒤에서 목격한 바 '힘없으면 무시한다'라는 세간의 통설은 사실이었다. 그때는 '힘'이라는 단어 안에 어마어마한 무엇이 들어 있는지 알았고, 무조건 힘을 갖고 싶었다. 무시할 수 없는 힘, 부모님을 지킬 수 있는 힘 말이다. 권력기관의 일종인 경찰이 되면 누가 함부로 할 수 없다는 순진한 착각이 나를 경찰로 이끌었다.

꿈, 나에게도 꿈이란 것이 생겼다. 꿈의 동기나 출처 따위는 중요하지 않았다. 아무리 빈약하고 보잘것없을지라도 '꿈'이라고 마음먹은 순간 가슴이 뛰었다. 그 후 모든 생각과 시선, 에너지가 한곳에 집중되기 시작했다. 그렇게 나는 '경찰'이라는 외길의 꿈을 걷기 시작했다. 현실이 가난하다고 해서 꿈까지 가난하라는 법은 없나 보다. 꿈이 가슴에 들어오니 부자가 된 것 같았다. 이렇게 빈곤 속 풍요를 맛볼 줄이야!

## 소녀, 태권도를 배우다

초등학교를 입학할 무렵, 또래 남자애들이 태권도 도장을 다니기 시작했다. 고요한 마을에 낯선 학원 차가 오가기 시작했고, 태권도 학원의 존재감은 날로 커져 갔다. 남자애들이 옆구리에 하얀 도복을 하나씩 끼고 오가는 모양새가 멋졌다.

"아빠, 나 태권도 배우고 싶은데요."

아버지는 그날 태권도 도장에 나를 데리고 가셨다. 면 단위에 딱 하나 있는 곳이라 선택의 여지도 없었다. 사범님과는 이미 친분이 있던 터라 내가 태권도에 입문하기까지 채 한 시간도 걸리지 않았다. 사범님은 나를 보자마자 '똘똘하니 잘하겠다'라며 흡족해하셨다. 나는 새 도복을 입고 바로 수업에 투입됐다. 툭 던진 한마디가 나를 태권 소녀로 만들었다.

도장은 남자들의 세계였다. 백여 명은 족히 되는 원생 중 여자는 나와 몇 살 아래인 동생이 전부였다. 당시만 해도 (시골) 여자아이가 태권도를 배우는 건 매우 드문 일이었다. 또래들은 대부분 속셈 학원에 가 있을 시간에 홀로 태권도를 배웠다. 낯설었지만 나쁠 건 없었다. 내가 원해서 온 것도 있고, 남자들이 주류인 세계도 별거 아니라는 생각도 들었다. 남자애들이 도장 안에서 훌러덩 옷을 갈아입거나 여자 탈의실에서 나오지 못하도록 문을 막아서는 장난을 칠 때 외에는 다 괜찮았다.

사범님은 나에게 똑 부러지는 가르침과 남다른 신뢰와 사랑을 주셨다. 엄격한 예의범절과 자신의 한계와 부딪혔을 때 넘어서는 법도 알려 주셨다. 몸으로 체득한 그때의 교훈은 아직도 내 안에 흐르고 있다.

초등학교 때 시작한 태권도는 여고생이 되어서까지 이어졌다. 중간에 쉬기도 했지만, 3단까지 딸 수 있었던 건 사범님의 응원과 지지가 컸다. 그때만 해도 경찰이 되고 싶어서 태권도를 배운 것은 아니다. 꿈은 경찰이었지만, 경찰과 태권도를 결부할 만큼 생각이 깊지는 않았다. 언니들은 학원 한 번 가 보지 못했는데 이게 웬 특혜냐는 심정으로 꾸준히 다녔고, 태권도쯤은 할 수 있다고 생각했다.

여고생이 되면서 경찰의 꿈은 더욱 확고해졌고, 태권도 단증은 내 꿈을 위한 티켓이 되었다. 태권도 단증이 있으면 경찰 채용시험 시 단수마다 1점씩, 가점을 인정받을 수 있다. 나는 3단이었기에 3점을 인정받았다. 가점은 총 5점까지 채울 수 있는데 우연히 시작한 태권도가 큰 도움이 되었다. 실용 글쓰기 검정을 3급 이상 취득하거나 청소년 상담사 등의 자격증을 소지하면 채용 시 가산점을 받을 수 있다.

## 묵시적 동의와 쌍코피

일곱 살 즈음이었다. 친구랑 구멍가게 앞에서 소꿉놀이를 하다가 껌이 씹고 싶어 가게 안으로 들어갔다. 주인아줌마를 불러도 보이지 않았다.

"아줌마가 없으니, 일단 먹고 이따가 돈 갖다 드리자."

당당하게 외상을 했다. 묵시적 동의에 의한 사후적 승낙이라고나 할까? 그렇게 순수한 마음으로 구멍가게 앞에서 껌 한 통을 다 씹었다. 그리고 껌 종이는 그 자리에 고스란히 버려 둔 채 집으로 돌아갔다.

해가 질 무렵, 바깥이 소란스러워 나가 봤더니 구멍가게 주인아줌마가 우리 집까지 찾아온 것이었다. 가게 앞에서 분명 아이들이 껌을 씹었는데 돈도 안 내고 갔다고 했다. 아버지는 내게 변명의 기회도 주지 않고 그 큰 손으로 따귀를 때렸다. 그 자리에서 쌍코피가 났고 언니들의 부축을 받고 욕실로 가 피를 씻었다. 억울함이 밀려왔지만 너무 아프고 놀랐던지라 말이 나오지 않았다. 껌값을 지불하고 상황은 종료되었지만, 부모님이 가장 싫어하는 '남의 물건을 훔쳤다'라는 사실은 여전히 남았다.

내 평생 처음이자 마지막으로 아버지께 따귀를 맞은 그날 이후 나는 남의 물건이라면 쳐다보지도 않는다. 아버지의 따끔한 질책이 경찰의 길로 인도한 게 아닌지 가끔 생각한다. 한 번의 실수가 삶의 태도를 만들었다.

사실 청렴의 아이콘은 엄마다. 우리 자매는 어머니로부터 내 것이 아니면 탐내지 말라고 한평생 교육받았다. 경찰을 꿈꾸는 사람이 도둑 심보로 살아선 안 된다. 더도 덜도 말고 딱 경찰 심보로 살아야 당당할 수 있다. 타인은 속여도 자신은 절대 속일 수 없다.

## 멋진 '한 방'

엄마는 생계유지를 위해 공사 현장에서 임시 식당을 운영했다. 직원 없이 혼자서 70명 인부의 밥과 중참을 도맡았는데, 삼시 세끼와 중참 2번까지 총 5번의 상을 차려야 한다. 밥그릇, 국그릇만 해도 한 번에 140개가 쏟아졌다. 나는 그때 세상의 모든 스테인리스 그릇을 접한지라, 지금도 스테인리스 그릇만 보면 절로 도리질을 친다.

어느 날, 하교 후 엄마가 일하는 곳으로 갔다. 엄마는 여느 때와 같이 중참으로 라면을 끓이고 있었다. 먼저 도착한 팀이 라면을 멀뚱멀뚱 쳐다볼 뿐 먹지 않는 것이다. 그때 젊은 직원이 와서 엄마 귀에다 "아지매, 내 라면~"이라고 말했다. 꼬들꼬들한 라면을 혼자만 먹겠다는 심보였다.

엄마는 얼굴을 붉히기 싫어 조용히 라면 한 개를 따로 끓였다. 보통 10여 개의 라면을 한 번에 끓이는데, 끓는 도중에 다 불어 버리니 이해해 줄 만도 했다. 하지만 한 번의 허용은 너도나도 메뉴판에 없는 '따로 라면'을 주문하는 사태로 번졌다.

"해도 해도 너무하네. 공사장에 돈 벌러 왔지, 대접받으러 왔나? 자식들 공부 때문에 더러워도 참고 있는데 더는 못 하겠다. 젊은 놈들이 양심도 없이 '내 라면' 좋아하시네. 이제부터 내가 해 준 밥은 먹을 생각도 마라. 딴 데 가서 사 먹던가!"

엄마는 그동안 참은 울분을 토해 내듯 수십 개의 라면이 든 솥단지를 번쩍 들어 공사장 바닥에 쏟아 버렸다. 일시 정지 버튼을 누른 것처럼 모두 할 말을 잃었다. 현장 소장이 이 소식을 듣고 달려와 죄송하다고 거듭 사과했다. 다시는 이런 일 없도록 하겠다며 따로 라면을 주문한 직원들을 혼냈다. 사건을 유발한 장본인들은 조용히 삽자루를 들고 바닥에 흩뿌려진 라면을 퍼 담기 시작했다.

이 사건을 통해 가끔은 가진 전부를 걸어야 세상이 겨

우 움직인다는 것을 배웠다. 다음 수를 계산했다면 엄마는 절대로 솥단지를 쏟을 수 없었을 것이다. 엄마는 자식 다섯을 지켜야 한다는 사명감 하나로 버텨 왔지만, 자신의 모든 것을 걸고 사람들의 이기심을 나무랐다.

꿈이든 행복이든 어쩔 수 없는 삶의 무게든, 가끔은 용기를 내야 한다. 필요한 순간, 가진 모든 것을 걸 수 있는 용기는 그동안 잘 살아온 삶의 경험과 지혜가 알려 주는 멋진 '한 방'이 아닐까? 자신의 한계를 뛰어넘으면, 생각지도 못한 세계가 펼쳐진다.

## 힘들다고 포기할 거야?

초등학교 4학년 때, 삼촌이 교통사고로 돌아가셨다. 부모님은 사고 경위가 어떻게 된 건지 알아볼 겨를도 없이 장례식장으로 향했다. 현장에서 숨을 거둔 삼촌 앞에서 잘잘못은 다음 순서였다. 상대방은 무면허에 음주로 중앙선까지 넘어가 삼촌 오토바이에 충돌했다. 문제는 사고 시각이 밤 10시경인데, 출동한 경찰관이 가해자를 귀가시킨 후 다음 날 술이 깬 상태에서 조사를 받게 한 것이다. 죽은 자는 말이 없고, 가해자와 출동한 경찰관만 아는 진실은 아직 미궁 속에 있다.

당시 가해자가 무면허에 책임보험조차 가입하지 않아 우리는 그 어떤 피해보상도 받지 못했다. 엄마는 장례식 비용이라도 받아야 한다며 법원에 탄원서를 제출했지만 남은 건 억울함과 상처뿐이었다. 보상은 안 해 줘도 괜찮았다. 하지만 잘못이 있다면, 그 대가는 잘못한 사람이 받아야 하는 거 아닐까? 왜 무고한 삼촌을 데려간 걸까? 이젠 세월이 흘러 원망도 시들해지고, 그리움만 희미하게 남아 있지만, 여전히 묻고 싶다.

사고 전까지만 해도 부모님은 경찰관에게 우호적이었다. 하지만 삼촌의 죽음과 함께 경찰과의 우호적인 관계는 끝이 났다.

"경찰이 와도 물 한 방울 주지 마요. 나 진짜 가만히 안 있어요."

엄마는 아빠에게 당부했다. 당신 동생이 어떻게 죽어 갔는지 생각한다면 그 오지랖은 거두라고 말이다. 삼촌에 이어 만삭이던 숙모의 연이은 죽음, 두 살배기 사촌 동생의 거취 문제까지 상처는 무겁게 포개졌다. 지울 수 없는 상처는 지난한 현실로 이어졌다.

나는 꾸역꾸역 경찰의 꿈을 키워 갔다. 우리는 한 사람의 경찰관을 원망했지, 경찰을 원망한 것은 아니었다. 경찰도 사람인지라 나쁜 사람은 있다. 하지만 경찰이라는 직업 자체가 무의미하다고, 경찰은 나쁘다고 말할 수 없다. 당시의 나는 감정을, 상처를 알알이 새기기에는 턱없이 어렸다. 나는 그때의 상처를 기억하고 망각하고 각색하며 꿈을 품어 냈다. 보석처럼 순수하고 아름답게 빛나는 꿈만이 꿈은 아니다. 가슴 시린 아픔을 동반하는 꿈도 있고, 저런 경찰은 되지 말아야지 하는 반면교사 같은 꿈도 있다.

단연코 저런 경찰관은 되지 않겠다, 적어도 진실을 검은 양심과 맞바꾸는 경찰관은 되지 않겠다, 그래서 무고한 피해자를 억울하게 보내는 일은 없겠다고 다짐했다. 어쩌면 삼촌 일로 인해 나는 더 깊고 단단한 경찰을 꿈꿨는지 모른다. 직접 겪지 않았다면 절대 가슴으로 반응할 수 없는 가치들을 그때 얻은 게 아닐까. 올곧은 가치관과 기준과 정의를 품고 살아야 한다고, 삼촌은 자신의 전부를 걸고 알려 주었나 보다.

꿈도 상처를 딛고 일어서며 성장한다. 내가 꿈이라고 명명하는 순간 그 꿈은 오롯이 내 것이 되지만, 그때부터 꿈을 지킬 책임감도 생긴다. 꿈은 곧 난데, 힘들다고 포기하거나 아프다고 슬며시 등 돌리는 얌체 짓은 하지 말았으면 한다. 비록 내 꿈의 시작은 슬프고 아팠지만, 꿈은 언제나 성장통을 동반한다.

# 당신은 원서 쏠
# 자격이 없습니다

 학창 시절, 모두 진로 문제로 고민할 때 나
는 한길만 고집했다. 꿈이 명확하니 흔들
릴 이유도 없고, 경찰 외에는 딱히 하고 싶
은 것도 없었다. 여고생이 되면서 깡촌에서 시내로 진출
했지만, 학교에서도 나와 같은 꿈을 꾸는 친구는 없는 듯
했다. 만약 경찰이 꿈인 친구가 있었더라면 소문이 퍼져
만났을 텐데 말이다.

친구나 지인들은 경찰과 관련된 소식이나 정보는 죄
다 나에게 알려 줬다. 마치 내가 경찰로 가는 통로인 것처
럼 모든 정보가 나에게로 흘러들어 왔다. 고등학생이 되

자 그동안 가슴에만 품고 있던 꿈을 실현해야 한다는 강박에 사로잡혔다. 가슴 안에서 꿈을 꺼내 실현해야 하는 시기가 온 것이다.

남들만큼 열심히 했다. 더 하지는 못했지만, 부족함 없이 따라갔다. 하지만 고등학교에 가서 겨우 시작한 공부는 단기간에 향상되지 않았다. 타들어 가는 가슴도 한계를 재촉하지 못했다.

경찰이 되는 방법은 경찰대학에 진학하는 것, 아니면 경찰행정학과에 진학해 공채 시험을 보는 것 두 가지밖에 몰랐다. 정보가 미천하니 오직 그 길만이 전부라고 믿었다. 그 와중에 고등학교 3학년이 되었다.

턱없이 부족했지만, 경찰대학만큼은 꼭 도전하고 싶었다. 이 기회는 지금이 아니면 평생 오지 않을 것 같았다. 경찰대학 문턱은 예나 지금이나 높다. 상위권의 명석한 두뇌들이나 도전할 수 있는 게 사실이다.

불가능한 꿈이었지만 꿈에 대한 갈망만큼은 상위 0.1퍼센트 그 이상이었다. 부족하지만 담임 선생님께 원서를 내겠다고 말씀드렸다. 사실 전교에서 열 손가락 안에도 못 드는 내가 경찰대를 운운하니 선생님께서 반길 리 만무했다. 시골 학교에서 전교 1등도 가능할까 말까 한 형국에 말이다.

## 도전하겠습니다

담임 선생님은 내 눈을 피한 채 허공을 바라보며 말씀하셨다. 경험 삼아 해 본다 해도 말리고 싶다고, 왜 굳이 그런 데다 힘을 빼느냐고 말이다. 내가 받을 상처를 생각하셨는지, 에둘러 돌아온 답변 역시 결론은 하나였다.

"넌 원서 쓸 자격이 없어. 거긴 아무나 가는 데가 아니야!"

쿵. 심장이 내려앉았다. 현실을 직시하니 할 말도 없다. 하지만 청춘의 객기라고 해도 좋고, 발악이라고 해도 좋았다. 선생님께 욕먹을 각오하고, 제발 원서만 내게 해 달라고 부탁드렸다. 합격은 나의 최종 목표가 아니니, 후회 없도록 한 번만 도전하게 해 달라고.

선생님의 냉담한 반응은 내 굳은 각오만큼이나 단호했다. 나는 지친 상태에서 주말에 부모님을 찾아갔다. 기숙사 생활을 하고 있던 터라, 일주일 만에 부모님 얼굴을 뵙자 눈물이 났다. 부족한 내가 슬퍼서 눈물이 났고, 한계를 기어코 인정해야만 하는 현실 앞에 눈물이 났다.

"엄마, 나 안 된대. 원서도 못 낸다고 하시네."

부모님은 달리 말씀이 없으셨다. 그러다 며칠 후 담임 선생님을 찾아가셨다.

"선생님, 합격 가능성이 있어서 원서를 내면 더없이 좋겠지만 애 소원이라고 하니, 제발 원서만이라도 내게 해 주시면 안 될까예……."

부모님은 자식이 하고 싶다니까 기어코 허리부터 숙이셨다. 안 그래도 굽은 허리를 이렇게 숙이게 하는 건 불효였다. 부모님은 부끄러움이나 치욕 따위는 안중에도 없고, 그저 내 꿈이 상처받을까 봐 전전긍긍하시는 분들이었다.

우여곡절 끝에 경찰대 원서를 접수했다. 당시 대구 모 고등학교에서 1차 시험을 치렀는데, 수험표가 내 손에 있다는 사실이 가슴 벅차게 기뻤다. 어쨌든 나의 의지로 거머쥔 고귀한 '기회'였던 거다. 하지만 기쁨도 잠시 국어,

영어, 수학 3과목 시험을 쳤는데 수학은 주관식이었다. 도전하고 싶다는 말이 쏙 들어갈 정도로 나를 주눅 들게 하는 문제들이었다. 얼마나 충격이었던지, 그때의 기억이 아직도 생생하다.

준비 없는 도전, 예상 가능한 좌절, 그래도 좋았다. 당시 다른 친구들이 정답을 써 내려갈 때 나는 꿈을 한 자씩 써 내려갔기 때문이다. 답을 쓰지 않고, 꿈을 쓴다는 건 어쩌면 예의 없는 행동일 수도 있다. 준비된 자들에 대한 예의 없는 몸부림. 그때 좌절도 준비된 자에게만 주어지는 선물이라는 걸 알았다. 정답 대신 꿈을 써 내려갔지만, 언젠가 나에게도 정답 같은 인생이 선물처럼 주어질 거라고 믿었다.

나는 예상한 뻔한 결과를 들고 돌아왔다. 하지만 어차피 청춘은 빈 수레고, 이제부터 채워 가면 될 일이었다. 나는 만족했다. 스스로 도전했고, 스스로 체감했으며, 스스로 진하게 배웠으니 말이다.

청춘의 자격은 결과에 대한 '가능성' 하나로 판단해서는 안 된다. '네가 무슨 경찰대야?' 세상이 나의 한계를 정할 수는 있지만, 스스로 한계를 정하면 청춘에 대한 반칙이다.

그때는 진짜 자격이 없었을 수도 있다. 세상이 정한 기준을 충족시킬 만한 능력도, 준비도 하지 못했으니까. 하지만 자격을 섣불리 판단하지 않기 바란다. 결과 없는 도전이라고 아무것도 남지 않는 건 아니다. 경찰대는 내게 잡을 수 없는 꿈 같은 산 너머 무지개였다. 하지만 경찰대 도전은 어떤 의미에서든 나를 성장시켰다.

세상은 내게 말했다. 당신은 원서 쓸 자격이 없다고. 하지만 나는 그 세상을 뛰어넘어 원서를 썼고, 스스로 자격을 얻어 냈다. 그 원서는 경찰대로 가는 열쇠가 아니었다. 내 인생을 열고, 당차게 나아갈 수 있는 꿈의 관문이었다.

지금은 경찰대 출신 동료들과 함께 자연스럽게 어울려 근무하고 있다. 꿈이 만든 생채기는 내 젊은 날의 도전을 대변하고, 17년 전 응시 원서는 여전히 나의 오늘을 응원한다.

## 마침내 이루다

그즈음 경찰대에 이어 또 한 번 일을 저질렀다. 바로 육군사관학교 시험에 응시한 것이다. 제복에 대한 로망 덕분에 경찰과 군인을 거의 동일시할 때였다.

7월 경찰대 1차 시험을 치르고, 얼마 후 육사 원서를 제출했다. 1차는 내신 성적을 포함한 서류 전형이었는데, 합격 통보가 왔다. 바로 2차 면접이었다. 면접은 1박 2일 동안 진행되었는데 신체검사, 체력 검사, 면접 등 다양한 테스트가 이어졌다. 빗속에서 1.2킬로미터 달리기를 하고, 속옷까지 내린 상태에서 치질 검사를 하고, 워킹이며 카메라 테스트까지 진기한 경험이었다.

면접은 총 6단계였다. 질문 상자에서 자신이 고른 질문을 10분 동안 연습해 발표하는 시간이 있었다. 각자 다른 질문으로, 각자 다른 답변을 준비하느라 대기 장소가 아수라장이 될 정도로 시끄러웠다. 나는 그 소란한 광경이 황홀하기까지 했다.

우린 그렇게 꿈의 중심에 모여 웅성거렸다. 경쟁자였지만, 같은 심정으로 그 고비를 견뎌 내면서 전우애까지 느꼈다. 유리라는 친구가 폴라로이드 카메라를 들고 와 숙소에서 사진을 찍어 주었다. 예쁘고 매력적이었던 아이, 유리는 합격해서 열심히 한다는 소식을 전해 들었다. 그 아이는 나를 기억하지 못하겠지만 유리는 내게 잊을 수 없는 추억 속 친구다. 아마 꿈이 가슴에서 뛰고 있는 한 그리움도 멈추지 않을 것 같다.

2차 면접도 통과했다. 최종 합격은 마지막 수능 점수로 판가름 나는데, 나는 2차 면접시험 후 허리 디스크 발병으로 모든 걸 내려놓아야 했다. 포기는 아니었다. 내가 살아야, 우선 내가 있어야 꿈도 있었다. 그렇게 꿈은 내 의지와 상관없이 운명 앞에 무릎을 꿇었다.

아무것도 해내지 못한 나의 뜨거웠던 고3 생활이 그렇게 저물었다. 수능은 어김없이 다가왔다. 디스크 발병 전까지 해 놓은 공부를 짜내고 짜내 겨우 수능은 치렀다. 하늘이 도와준 덕분에 꿈을 기준으로 목표를 정했다. 비록 원하는 대학은 아니었지만, 원하는 학과에는 갈 수 있었다.

왜 굳이 아무도 없는 경기도로, 그것도 이름도 없는 대학의 경찰행정학과로 가느냐는 말을 많이 들었다. 나는 명문대 타이틀보다 기회의 도시, 서울로 가겠다는 욕심이 있었다. 최소한 꿈이 웅성거리는 서울 근처로, 내가 원하던 경찰행정학과로 방향을 잡은 것이다.

나는 실패했지만, 온전히 성공했다. 내가 다시 일어서는 날, 가장 큰 무대에서 꿈을 펼칠 것이라고 상상했다. 모든 건 막연하고 희미했지만, 꿈만큼은 또렷했다.

## 청춘의 자격은 무엇인가

사람은 저마다 시작점이 다르다. 태어날 때부터 천부적인 재능으로 스무 살까지 달려온 사람이 있다. 스무 살부터 깨어나 평생 달려나가는 사람도 있다. 각자 물고 태어나는 수저의 색깔을 논하지 말고, 스스로 깨어나는 그 시점에서부터 자신만의 수저 색깔을 만들어 나가면 어떨까? 세상은 넓고, 인생은 길다.

누군가에게는 경찰대 도전이 그간 달려온 결실의 종착점이다. 하지만 나는 경찰대 도전이 꿈의 시작점이었다. 혹자는 남의 성취 꽁무니에서 뒤늦게 시작하는 나를 무모하다고 할지 모른다. 비록 타인의 종착점에서 뒤늦게 시작했지만, 오늘이라는 정거장에 와 있고, 더 나은 내일을 향해 열심히 걸어가고 있다.

돌아보면, 그때는 어려서 몰랐던 것이 있고, 어렸기에

할 수 있었던 것들이 있다. 무엇보다 철이 없어야만 가능했던 일, 그때가 아니면 다시는 해 볼 수 없는 일은 저질러야 한다. 나는 이를 청춘의 자격이라고 부른다. 그 자격은 찰나에 주어지기에 잡으면 내 것이고, 놓치면 후회로 남는다. 고로 자격이란 '스스로, 격하게' 붙들어야 한다.

무모한 용기라고 우습게 보지 말았으면 한다. 그 무모함은 굳게 닫힌 꿈을 두드려 깨우는 용기다. 유행가의 가사처럼 지나간 것은 지나간 대로 의미가 있다. 다만 지나간다고 해서, 아무렇게나 흘려보내면 인생에 대한 예의가 아니다. 그때를 제대로 꿈꾸고 덤벼야, 무모한 실패도 꿈의 일부분이었다고 자부할 수 있다. 이룰 가능성이 1퍼센트라고 꿈꿀 가능성이 1퍼센트라는 법은 없다.

# 바람보다
# 먼저 눕지 않는다

 대수로운 성과 없이 보낸 나의 학창 시절, 하지만 기어코 꿈을 고집한 덕분에 모든 걸 잃지는 않았다. 경찰행정학과로 진학했으니까 말이다.

H 대학교 경찰행정학과 4기로 함께 들어온 동기들은 성적이나 능력이나 뭐 하나 빠지는 데가 없었다. 40명의 동기 중 현직 경찰로 근무 중인 친구들이 반은 넘으니 다들 꿈을 이루기 위해 부단히 애쓴 건 맞다.

아무도 알아 주지 않는 대학에서 나를 알아봐 주는 사람들이 있었다. 교수님들과 선후배들이었다. 그들은 부족한 나를 인정하고, 믿고, 응원해 주었다. 당시 경찰행정학과는 신생학과라 학교 차원에서도 관심과 지원을 아끼지 않았다.

시골에서 갓 상경해 촌티를 벗지 못했지만, 어릴 때부터 몸에 밴 포기하지 않는 근성으로 대학 생활을 자연스럽게 이어 갔다. 기숙사 생활을 했는데, 지각이나 결석 없이 학점 관리하기에는 더없이 좋았다. 아무리 늦더라도 기상과 동시에 5분이면 강의실에 도착하니 유리한 고지에 있었다.

당시 집안에 대학생이 세 명이나 있었던 탓에, 조기 졸업이나 장학금을 목표로 부모님 짐을 덜어드리려고 노력했다. 덕분에 추가 학점을 이수하고, 한 학기 빨리 졸업했다. 한 학기 등록금이라도 아낄 수 있어 뿌듯했다. 대학생의 특권 중 하나는 캠퍼스를 유유자적 누비며, 음주와 가무로 청춘을 위로하는 것이다. 하지만 고맙게도 누릴 캠퍼스도 없고(학교가 작아서), 기숙사에서 생활하며 부모님의 눈치를 볼 필요 없이 자립한 성인의 기분을 느낄 수 있었다. 그 가운데서도 나는 '열심히' 본능을 놓지 않았다.

꿈, 경제적 궁핍, 절박감 덕분에 열심히 살았다. 수업이 없는 시간은 도서관 사서 도우미를 하며 용돈을 벌었고, 수업을 마친 후에는 군포역 인근에서 냉면집 아르바이트와 과외를 병행했다. 주말이면 놀이공원 아르바이트는 물론 연 1회 고속도로 통행량 조사 아르바이트도 빠지지 않았다.

물론 학업도 소홀하지 않으려 애썼다. 피곤했지만 괜찮았다. 이런 고단함은 힘든 축에도 속하지 않았다. 문제는 고질적인 허리 통증이었다. 명색이 경찰행정학과인데 마음대로 몸을 움직일 수 없다는 사실이 비참했다. 무도 시간은 차라리 벽이 되고 싶을 만큼 고통스러웠다. 하늘을 날아 멋지게 낙법 하는 친구들, 짝지어 체포술을 연마하는 친구들을 바라만 보자니 복장이 터졌다.

나도 훨훨 날아다닐 수 있다고! 평생 몸을 사리며 뒤로 빠져 본 적 없는데 왜 이렇게 된 건지 도무지 이해가 가지 않았다. 쾌활하고 활동적인 나로서는 정적인 일상이 화살처럼 날아와 박혔다. 구석에서 늘 바라만 보았다. 학점은 따야겠기에 꼬박꼬박 출석했지만, 구경꾼 인생을 사느니 차라리 포기하고 싶었다.

버텼다. 할 수 있는 것이라곤 그것뿐이었으니까. 하지만 마음속으로 하염없이 울고 있었다. 그때 희미하게 피어나는 그림자가 있었다. 흐릿했지만 분명했다. 나였다.

'이렇게 주저앉았을 때 할 수 있는 건 공부밖에 없어. 손은 움직일 수 있잖아, 눈과 머리는 기억할 수 있잖아, 네가 할 수 있는 걸 하면 된다고! 그것만이 너를 살린다고.'

내가 지켜 온 꿈까지 의심하려던 찰나 '책'을 만났다. 눈물 콧물 없이 그저 담담히 나를 향해 무엇을 일러 주는 친구! 감정 없는 호흡으로 나를 다독였다. 처음으로 책이라는 운명이 내 안으로 들어왔고, 내 인생을 일으켜 준 몇 권의 책을 만났다. 그렇게 활자와의 접촉이 익숙해질 즈음, 수험서도 맞이할 준비가 되었다.

차선책으로 선택한 필기시험, 내가 할 수 있는 유일한 것에 집중하는 동안 건강은 차츰 회복되었다. 고3 때 쓰러지고 난 후 3년을 치료에 매진했는데 기적처럼 몸은 회복되고 있었다. 치료 효과를 보는 건지, 그동안 없던 운이 트인 건지, 나는 동기들보다 조금 더 일찍 경찰이 되었다.

사람들은 묻는다. 경찰을 하려면 체력이 가장 중요하지 않냐고. 물론 체력이 가장 중요하다. 아니, 어쩌면 건강이 맞겠다. 하지만 경찰이 되기 전 이미 건강 일부는 잃었고, 덩달아 체력도 남들보다 약할지 모른다. 내 의지와는 상관없이 잃게 된 건강을 두고 슬퍼하거나 노여워할 생각은 없다. 내가 아파서 잠시 누워야 하는 날이 온다면, 분명 휴식과 겸손을 상기하라는 하늘의 뜻일 테다. 디스크는 퇴행성 질병이라 시작은 있되 끝은 없다. 떨쳐 낼 수 없다면 짊어지고 함께 가는 수밖에.

## 모든 것은 지나간다

시간은 흘러 대학교 3학년, 경제적 압박과 부모님의 불화까지 겹쳐 험난한 세상 가운데에서 발버둥 치고 있었다. 가정 형편도 녹록하지 않았고, 결핍에서 오는 잡음은 생활 소음으로 여기며 살았다. 이런저런 소식들에 마음 쏟지 않고 '모르쇠 모드'를 유지했다. 하지만 가족이 해체될지 모른다는 위기감이 엄습했고, 당장 경제활동을 해야한다는 절박감이 들었다. 아르바이트도 쉴 없이 해 왔지만 제대로 된 직장을 얻어 목돈을 벌고 싶었다.

한번은 동기로부터 소개를 받아 동기의 삼촌 회사에 면접을 보러 갔다. 분당까지 한 시간 반을 달려갔는데, 겨우 들은 답변은 '학생이라 금방 그만둘 것 같은데'였다. 사정이 딱하다고 하니 아르바이트로 생각해 보겠다고 말이다.

내가 처한 상황이 어둡다 보니, 마주하는 세상도 온통 어두웠다. 어른들이 보는 나는 얼마나 위태로웠을까? 생전 처음 가본 도시의 벤치에 앉아 구직 전단을 넘기며 깊은 좌절감을 느꼈다. 내가 무엇을 할 수 있을지 판단도 흐릿했다.

가진 돈을 털어 소주 두 병과 새우깡 한 봉지를 사서 용인에 계시는 외삼촌 댁으로 갔다. 수도권에 피붙이라고는 외삼촌이 유일했기 때문이다. 내가 한참을 울자 외삼촌도 덩달아 우셨다. 그러면서 만 원짜리 지폐 한 장을 꺼내 주셨다.

'2198874 가라사'

외삼촌은 일련번호 10자리를 일기장에 또박또박 새겨 놓고 절대 오늘을 잊지 말라고 하셨다. 빛이 보이지 않는

좌절감, 일어서지 않으면 안 되는 절박감을 뼛속까지 기억하라며. 지금은 구권이 된 만 원짜리 지폐 한 장, 일기장 속에 부적처럼 모시며 힘들 때마다 꺼내 본다.

잊어선 안 되는 그날도 구권처럼 과거가 되었다. 아프고 힘들었던 과거도 지나고 나면 용서되는 것처럼, 과거는 더이상 나를 힘들게 할 수 없다. 그리고 모양을 바꿔 나를 공격할 수도 없다. 힘겨운 오늘도 기꺼이 뒤안길로 밀려나는 법이니까 바람보다 먼저 눕지 않기를, 잊고 싶어도 '잊을 수 없는' 어느 날 덕분에 '잊기 싫은' 오늘을 살아갔으면 한다.

## 가족은 나의 힘

결국 휴학을 결정했다. 인사드리기 위해 찾아뵌 전공 교수님은 안타까워 하셨다. 열심히 해 왔고, 조금만 노력하면 경찰도 빨리 합격할 수 있으니까 계속 공부하라며 말리셨다. 내 의지로 학업을 이어갈 수 있는 상황은 아니었기에 하고 싶은 말들은 삼켰다. '요즘에도 저렇게 가정 형편이 어려운 애가 있나? 굳이 네가 휴학한다고 해서 상황이 바뀌는 것도 아니잖아. 살아 보면 후회할 거다.' 어디선가 웅성거리는 목소리가 들렸다.

그때만 해도 지금처럼 휴학이 일반적이지 않았다. 다른 사람의 삶을 오롯이 이해할 수 없으니, 우려하는 반응도 당연했다. 하지만 굳이 힘든 현실을 후벼 파듯, 확인시키지 않아도 된다. 확인은 칼보다 무섭다. 위로나 공감도 때로는 상처가 될 수 있다. 어쩔 수 없는 결정을 존중하고, 작은 응원만 보태 주었다면 나는 조금 더 힘차게 현실을 맞이하지 않았을까.

휴학 소식을 듣자마자 큰언니는 자신의 뭉개진 꿈까지 떠올랐는지 노발대발했다. 너의 길을 가라, 너까지 무너지면 우리 가족은 무너지는 거라고 말했다. 당시 나는 상황을 변화시킬 능력도, 집안을 일으킬 위치도 아니었다. 나는 우리 가족의 지푸라기였을지도 모른다. 지푸라기라도 잡아야 우리에게 내일의 해는 뜰 테니까.

큰언니는 내게 제안했다. 휴학은 하되, 공부는 계속하라는 것이다. 학생의 본분은 돈을 버는 게 아니라 공부라고 했다. 생계형 공부라도 할 수 있다면 이 얼마나 다행인

가. 시작은 가난 탈출, 신분 상승이었지만, 그건 분명 꿈이 었으니까 나는 그것만으로도 행복한 사람이었다.

그렇게 경찰 공부를 시작했다. 큰언니가 살고 있던 원 룸에 비집고 들어가 빈대처럼 붙었다. 잠이며, 밥이며, 학 원비까지 말이다. 2003년 당시 대구 반월당에 있는 K 경 찰학원은 합격할 때까지 수강을 조건으로 상당한 금액을 요구했다. 지금은 큰돈이 아닐 수 있지만, 당시에는 큰 부 담이었다. 큰언니는 부모님을 설득했고, 힘든 상황에서도 학원비는 일단 결제되었다. 큰언니는 하얀색 브랜드 운동 화 한 켤레와 회색 체육복 한 벌을 사주었다. 학원비도 비 싼데, 살뜰히 챙겨 주는 그 마음이 고마웠다.

"모야, 넌 할 수 있다. 힘내 버려. 이 운동화 닳기 전에 합격하재이."

큰언니는 꿈의 한 가운데로 나를 밀어 넣었다. 좋은 신발은 주인을 좋은 곳으로 데려다 준다고 했다. 너무 설 레서 품에 안고 잠들었던 하얀 운동화, 닳아 없어질 소모 품이지만 나를 얼마나 멋진 곳으로 데려다 줄까? 운동화는 나의 숱한 방황을 목격하면서도, 껌처럼 달라붙어 내 편이라며 늘 응원해 주었다.

나는 '힘내 버려'라는 말이 참 좋다. 힘을 내고 난 다음에는 버려야 한다. 버린다는 건 다시 힘을 빼라는 말과도 같다. 힘을 냈으니 힘을 낸 만큼 비우고 가볍게 날아오르자. 안 그래도 무거운 인생, 힘까지 들어가 있으면 얼마나 버거울까?

## 공시생의 일과

입시 학원의 앞자리 쟁탈전은 수험생들에게 피할 수 없는 숙명이다. 일찍 일어나는 새가 합격한다는 말도 있고, 일찍 일어나 앞자리에 앉으면 경쟁자들보다 한발 앞섰다는 안도감이 든다. 공시생은 학창 시절과 달리 더 물러설 곳이 없다.

나 역시 경찰학원의 힘을 빌렸다. 온종일 수업을 듣고 공부했다. 당시 아는 사람도 없고, 알고 싶은 사람도 없어서 혼자 공부하고 혼자 밥을 먹었지만 견딜 만했다. 시간이 지나면 비슷한 자리에 앉는 고정 멤버들과 친해지기도 하지만, 적당히 거리를 둬야 한다. 인간관계에 집중해서 목적을 잃기보다 오히려 외로움을 선택하는 것이 공시생에게 유리하다.

학원은 최대한 이용하되 오래 머물면 안 된다. 유능한 강사도 내 인생을 온전히 책임지지 못한다. '조력'과 '자력'을 구분해야 한다. 부족한 부분은 인터넷 강의를 병행해서 채우면 된다. 나는 학원에서 수업을 듣고 독서실로 옮겨 공부했다. 처음에는 고시원 겸용 독서실을 찾아갔는데 한 달 치를 결제한 날 바로 환불받았다. 독방에 갇혀보니 한 시간도 버티기 힘들었다. 그 길로 집 근처 대학 도서관을 찾았다. 본교가 아니라서 알아보는 사람도 없고, 확 트인 공간이라 답답하지 않았다. 공시생은 자신이 집중할 수 있는 공간을 찾는 것이 중요하다.

일과는 빡빡했다. 6시 기상, 7시 도서관 도착, 오전 공부 5시간, 점심시간, 오후 공부 5시간, 낮잠 20분, 저녁식사, 저녁 공부 5시간, 자정 귀가라는 패턴을 철두철미하게 지켰다. 단 일주일에 하루는 온전히 쉬면서 재충전을 했다. 자기 주도 학습이 시작되면 자신이 만든 시스템을 믿고 따라야 한다. 단순하지만 명료한 시스템은 지속력이 좋다. 지치고 힘들다고 룰을 어기면 답이 없으니 유의해야 한다. 가족, 휴대폰, 약속, 외모관리 등 감정에 휘말릴 수 있는 모든 것은 내려놓아야 한다. 웃을 일도 울 일도 없는 지난한 날들을 지속하려면 모든 인간적인 감정에 무뎌져야 한다.

한번은 모의고사를 풀고 틀린 부분을 지우고 있었다. 볼펜 촉 끝부분에 지우개 똥이 줄을 지어 졸졸 따라왔다. 엄마의 꽁무니를 따르는 병아리들처럼 줄이 길었다. 그 모습이 뭐가 그리 웃긴지 책상에 머리를 낮추고 한참을 웃었다. 누가 보면 공부를 너무 열심히 해서 정신을 놓은 것으로 오해하기 딱 좋았다.

공시생의 삶 속에는 고통만 있을 것 같아도 찾아보면 자잘한 행복이 있다. 당시 지치고 힘들 땐 공부 밖에서 답을 찾으려고 했다. 친구들과 약속을 잡거나, 술을 한잔하기도 했다. 하지만 막상 공부 밖에서 헤매다 보면 내가 찾는 행복이 아님을 깨닫고 책상으로 돌아왔다. 오늘 고른 편의점 도시락이 생각보다 맛있을 때, 하루 치 공부를 하고 30분이 남았을 때, 책상에 엎드려 10분을 잤는데 1시간을 잔 듯 개운할 때가 있다. 자신만의 즐거움을 찾아 입시라는 긴 고통을 걸었으면 한다. 모든 고통은 지나가기 마련이다.

## 체력, 면접 시험 노하우

1리터 물을 단숨에 마시고, 속옷 안에 테이프로 동전을 붙여 몸무게를 불렸다. 정수리에 물건을 올리고, 까치발을 들어 키를 불리기도 했다. 신체검사의 조건 중 키와 몸무게에 제한이 있던 때다. 가장 친한 친구는 결국 경찰이 되지 못했다. 기준 키에 0.5센티 모자라 탈락했는데, 깊은 상처를 입고 두 번 다시 도전하지 않았다.

필기시험에 합격하면 2주 후에 체력 시험이 있다. 백 미터 달리기, 천 미터 달리기, 악력, 윗몸일으키기, 팔굽혀펴기를 단기간에 숙달하기란 쉽지 않다. 평소 운동을 즐기지 않는 사람이라면 꾸준히 체력을 관리해야 최종 합격이 가능하다. 필기에 합격하더라도 체력이나 면접에서 낮은 점수를 받으면 최종 단계에서 불합격할 수 있다.

나는 학교 운동장에 가서 나무 막대기로 줄을 그어 놓

고 연습했지만 요즘은 경찰학원에 체력반이 따로 있다. 덕분에 '그룹 PT' 동기들도 생겨나 새로운 인맥이 형성되기도 한다. 비용은 들겠지만 시간과 노력을 최소화하기 위해 이런 혜택은 최대한 누리길 추천한다. 경찰이 된 후에도 매년 체력 측정을 하기 때문에 건강 관리는 평생 해야 한다.

체력 시험 다음은 면접이다. 나는 경찰 시험 면접용 교재를 통째로 외웠다. 물론 실제 시험에서 예상 질문이 나오지 않았다. 내가 받은 질문은 아직도 기억난다.

"만약 야간에 음주 단속을 하던 중, 아버지가 음주운전으로 단속된다면 어떻게 하시겠습니까?"

"일단 아버지를 단속한 후 벌금은 딸인 제가 지불하겠습니다."

14년이 지난 지금까지 수시로 이 질문을 자신에게 던진다. 과연 지금 그때보다 현명하게 대답할 수 있을까? 합격시킬 사람은 정말 단순하고 쉬운 질문을 하니까 걱정하지 말라고 하지만 이것도 옛말이다.

얼마 전 면접관 교육을 다녀왔는데 내가 합격한 2004

년을 기점으로 면접 기법이 새롭게 바뀌었다. 바로 '행동 중심의 역량 면접'인데, 최근 기업이나 공무원, 입학사정관에게도 공통으로 적용되는 면접 프레임웍이다. 이는 과거의 경험과 행동에 기초하여 현재부터 미래의 행동을 추정하고 예측하는 기법인데, 추상적인 의견이나 생각보다 구체적 경험과 행동을 평가하는 방식이다. 육하원칙에 근거해 자세히 설명하고 사진이나 동영상이 떠오를 정도로 구체적으로 묘사하면 면접관의 마음을 얻기 수월할 것이다.

면접에서는 틀에 박힌 모범 답안보다 자신의 경험을 바탕으로 어떤 경찰관이 될지 고민한 흔적을 보여주는 것이 좋다. 대부분의 수험생들은 경찰이 되려는 준비만 하지, 경찰이 되고 나서 어떤 경찰이 될지 고민하지 않는다. 진정한 경찰이 되는 길은 '경찰이 되기 전부터 경찰이 되어 퇴직하는 그 순간까지' 쉼 없이 살펴도 모자람이 없다.

# 행복은
# 때론 성적순이다

 순경 계급장을 보고 흔히 '이파리' 또는 '밥풀떼기'라고 한다. 뾰족해서 잎사귀처럼 보이기도 하지만, 무궁화가 아직 피지 않고 오므리고 있는 봉오리 형상이다. 봉오리가 의미하는 것은 햇빛 한 줌, 바람 한 줄기, 물 한 모금이면 금세 만개할 가능성이 아닐까 한다. 비록 가장 낮은 계급이지만, 무궁무진하게 피어날 수 있는 '꽃봉오리' 두 개를 어깨에 다는 순간이었다.

충북 충주시 상모면 수회리, 드디어 중앙경찰학교에 입성했다. '젊은 경찰관이여, 조국은 그대를 믿노라.' 중앙

경찰학교를 졸업한 학생이라면 누구나 가슴 깊이 새기고 있는 문구다. 신임 순경들을 배출하는 중앙경찰학교 강령으로, 입교와 동시에 그 문구를 접하면 전에 없던 사명감이 한순간 생겨난다. 첫사랑의 기억처럼 경찰을 시작하는 젊은이들의 가슴을 제대로 겨냥한 강령이다. 세월은 흘러도 잊히지 않는 걸 보면 말이다.

먹먹한 감동도 잠시, 입교는 곧 현실이었다. 꿈을 신고하고 이를 검증받는 관문은 예사롭지 않았다. 먼저 외모와 복장, 태도가 경찰답게 변했다. 입교 첫날, 검은색으로 머리칼을 강제적으로 염색당하는 교육생도 있었고, 소소한 잡담이나 웃음이 발각되면 오리걸음을 해야 했다. 군대에서나 볼 법한 일들이 일상에서 펼쳐졌다.

빡빡한 수업, 한계를 넘어서는 훈련, 절제된 단체 생활, 모든 것이 좋았다. 이런 것쯤이야 견디려고 마음먹으면 견디는 법이다. 게다가 나는 혼자가 아니었다. 우리는 서로의 구령에 힘을 얻어 능력 너머의 것들도 해냈다. 힘들었지만 힘이 났다. 동기라는 공동체가 있었고, 그 안에서 같이 울고 웃으며 시련을 삼키면 그만이었다.

하나, '나는'

둘, '경찰관이다'


제식 훈련은 가슴 벅찬 감동으로 끝이 났다. 그렇게 우린 진짜 경찰이 되고 있었다.

## 네 삶은 흐리지 않다

합격 후 며칠 만에 입교했다. 적응을 넘어 생존을 위해 고군분투하고 있을 때쯤, 엄마가 아무리 생각해도 내 '이름'이 조금 이상하다고 하셨다. 입교에 필요한 서류를 준비할 때 보니 그동안 알던 한자와 뜻이 달랐다. 23년 동안 나를 대변하던 이름을 처음으로 의심하게 된 것이다.

장신모, 여자 이름치고 흔치 않은 이름이다. 지금까지도 경찰 조직 내에서는 한 명밖에 없는 귀한 이름이기도 하다. 셋째 딸로 태어날 당시 아버지는 말레이시아에서 외국인 노동자로 근무하셨다. 대기업에서 현장 노동자로 파견을 보냈는데, 출산이 임박하자 아버지가 편지로 이름을 지어 보내 주셨다.

아버지 성을 따서 '장', 어머니 성을 따서 '신', 엄마 아빠를 합쳤다는 뜻에서 합칠 '모'라고 말이다. 이름에 아빠도, 엄마도 계시고, 그리움과 사랑도 담겨 있다. 꿈보다 해몽이라고 이름에 담긴 유래가 너무 좋았다. 현실은 팍팍했지만, 난 운명적인 사랑으로 태어난 딸이라고 굳게 믿었다. 당연히 '합칠 모'로 알았던 내 이름이지만 그런 한자는 없었다. 예전 중국 옥편에서나 볼 수 있었는데 지금은 없는 한자였다. 알고 보니 엄마가 아버지 편지를 들고 출생신고를 하러 갔는데, 당시 호적계장이 '합칠 모' 자로 추천한 한자가 '흐릴 모'였다. 엄마는 호적계장이 추천하니 믿고 따랐던 것이다.

엄마는 이 사실을 알고 격분했다. 미래가 창창한 우리 딸에게 '흐릴 모'라니! 아무리 한자를 몰라도 흐리다는 한자는 이름에 함부로 쓰는 게 아니라며 한자 개명에 나섰다. 대신 고른 한자가 바로 '법 모, 모범 모'였다. 엄마가 철학관에 가서 경찰과 딱 어울리는 한자로 뽑아오셨다. 법을 집행하는 경찰관으로 모범적으로 살 수 있도록 이름에 꿈이 새겨지는 순간이었다.

경찰학교에서 훈련을 받는 동안 개명 절차는 진행되었다. 엄마가 가정법원에서 판결문까지 받아 오셨다. 새 신분증을 교체해 주셨는데 흐리기만 했던 내 초년 시절을 어떻게라도 치유해 주고 싶은 마음이 느껴졌다.

"모야, 네 인생은 이제 흐리지 않다. 창창하고 맑게 쭉 나가거래이."

## 빈틈의 역설

인생은 마음먹기 나름이어서 같은 처지나 환경에 있을지라도 서로 다르게 살아간다. 나는 모진 성격 때문에 항상 심신이 고달픈 편이다. 그 어렵다는 채용시험도 통과했는데 상황을 즐겼으면 얼마나 좋을까? 다른 동기들은 여유로운데 내 삶만 팍팍한 것 같았다. 남몰래 노력하느라 속으로 끙끙 앓고, 살도 많이 빠졌다.

하나만 포기하면 모든 게 수월한데 그 하나를 포기 못하는 나에게 화가 났다. 그 하나는 바로 졸업 성적이었다. 중앙경찰학교 졸업 성적에 따라서 첫 발령지가 결정된다. 경북청 소속이었던 나는 1등이 목표가 아니라, 최소한 오지는 가지 말아야 한다는 절박감이 컸다. 서울이나 대구 등 도심권은 아무리 멀어도 도심 내에서 발령이 나므로 출퇴근에 문제가 없다. 하지만 경북이나 강원, 전북 등 담당이 넓은 지방은 오지로 발령이 나면 거의 유배를 가야 한다. 합격했으면 됐지 발령지가 무슨 대수야? 굳이 힘들게 살 필요 없다며 위로해 보지만, 최초의 발령지를 두고 마음이 편할 수 없었다.

노력 여하에 따라 연고지 근처로 갈 수 있으니 붙잡을 수밖에 없었다. 교육 성적은 천 점을 만점으로 하는데 직무 수업, 사격, 체력, 생활 태도까지 모두 점수로 매겨졌다. 매사 점수에 매달려 산 것은 아니지만 남들보다 노력한 건 분명했다. 그러다 보니 예전에 없던 특기도 생겼다. 저녁 점호 때마다 생활실 점검이 있는데, 이불 각을 잘 잡는다고 몇 번 칭찬을 들었다. 칭찬은 가점으로 연결된다.

당시 K 지도관님의 칭찬에 나는 더 날카로운 각으로 보답했다. 동기 언니들도 나를 이불 각 전담 요원으로 지정했다. 어딜 가나 각만 잘 잡아도 중간은 간다더니, 덕분에 중간은 넘을 수 있었다.

하지만 한계도 있었다. 자리 배열의 기준이 '키'였는데 학창 시절과는 달리 키가 제일 큰 사람이 맨 앞줄에 배치되었고, 이런 원칙에 의해 나는 맨 뒷줄에 서야 했다. 격식을 차리고 위엄을 보여 주는 공식 행사에서는 키 큰 사람들이 앞에 서서 행사를 더욱 빛냈다. 키가 작은 것도 서러운데 맨 뒷줄에 있으니 뭘 하는지 도통 알 수 없었다. 맨 뒷줄은 아무도 관심을 두지 않는다.

공식적인 소외감이었다. 게다가 학과 출장으로 이동할 때 앞줄은 가볍게 반보 내딛지만, 뒷줄은 경보하듯 두세 보 서둘러 걸어야 겨우 따라갈 수 있었다. 실제로 맨 뒷줄은 뛰다시피 한다. 고삐 풀린 망아지처럼 대열의 끝에서 종종걸음으로 따라갈 때는 꼭 들러리가 된 것 같았다.

부족함을 채우려는 의지의 발동이었을까, 오지로 가면 안 된다는 절박감 때문이었을까, 졸업 성적은 예상보다 만족스러웠다. 동기생 109명 중 2등으로 졸업했다. 기적 같은 일이었다. 사실 졸업 성적은 초임지 발령 외에 크게 영향을 미치진 않는다. 그저 인사 기록으로 남아 그때의 열정을 고스란히 담고, 의외의 곳에서 나도 모르게 나를 평가하는 잣대로 사용되곤 한다.

입교식 날, 맨 뒷줄에서 좌절하고 투덜거리던 내가 맨 앞줄보다 더 높은 단상에 올라가 우수상을 받았다. 경북청 동기들은 비슷한 이유로 모두 열심히 했다. 졸업 성적 5위 안에 경북청 동기가 4명이나 들 정도로 우수한 성적을 거뒀으니 말이다. 오지 발령이라는 자극제는 선의의 경쟁을 부추겼고, 좋은 결과를 낳았다. 당시 경북청장님은 동기들의 우수한 성적에 매우 흡족해 하시며 각자 원하는 곳으로 발령을 내주라는 특별 지시를 내리셨다. 노력은 배신하지 않고 인내는 원했던 목표를 선물했다.

자랑스러운 우리 167기 동기들은 꽃피는 4월에 입교해 낙엽 지는 10월에 졸업했다. 여전히 만남을 이어가고 있는 언니들은 내게 말한다.

"모야, 항상 허리 아프다고 누워 있는 모습 보면 짠했는데. 아프면서도 우리보다 뭐든 잘했어. 대견하게!"

부족함은 나의 친구다. 종종걸음으로 대열의 마지막을 장식한 것도, 뭐 하나 잘하는 게 없는 평범함도 소중한 자산이다. 대신 부족함을 채워 가는 법을 아니까, 그 부족함이 채워지면 자신의 한계를 뛰어넘고 무엇을 해내니까 말이다. 빈틈은 필수다.

명석한 두뇌, 완벽한 신체조건 등 내게 없는 것을 원망하거나 하소연하지 말았으면 한다. 꿈을 신고할 때 필수조건은 부족함이다. 소소한 이불 각 잡기로 묵직한 자존감을 들어 올릴 수 있듯이, 스스로 알지 못하는 재능은 각자의 빈틈 속에 꼭꼭 숨어 있다.

02
PART

POLICE

# 83년생,
# 여경 분투기

여자 경찰관, 엄마 경찰관, 맞벌이 경찰관

# 저는 이상한 경찰이
# 아닙니다

 간절히 원했던 K 경찰서로 발령이 났다. 시월의 어느 날, S 지구대 순찰팀에서 첫 근무를 시작했다. 스물셋의 신임 여경이 이에 보철물을 끼고 들어오니 모두의 관심이 쏠렸다. 당시 부정교합으로 치아 교정을 하고 있었는데 덕분에 첫인상은 확실히 심어 준 듯했다.

어린 나이에 경찰 시험에 합격했다. 신임이 경산으로 오기는 하늘의 별 따기인데 누가 힘써 줬나? 남자친구는 있나? 다양한 질문이 쇄도했다. 신임답게 정직하게 답했다. 반은 믿고 반은 믿지 않았지만, 그 과정에서 서로를 차츰 알아 갔다.

　K 경찰서는 초임지라는 첫정 덕분에 기억에 오래 남는다. 친정이기도 하고, '나'라는 개인이 경찰관으로 형성된 중요한 시기를 보낸 곳이다. 당시 관리반이던 K 선배님 덕분에 순탄하게 적응해 갔다. 선배님은 사회 경험은커녕 세상 물정도 모르는 나를 온전한 인격체로 인정해 주셨고, 여경의 애환과 다양한 직무 경험을 아낌없이 공유해 주셨다.

　스펀지처럼 흡수했다. 업무든, 인간관계든, 개인사든 나를 위한 조언들은 빠르게 받아들였다. 제복을 입고 착용할 수 있는 액세서리의 크기까지도 정확히 배웠으니까. 워낙 아는 게 없어 배우기는 편했다. 모두 여동생처럼 편안하게 대해 주셨고, 하나라도 더 알려 주려고 애쓰셨다. 나만 잘하면 될 일이었다.

　시보를 갓 떼고 난 후, 순경에서 경장 시험을 칠 수 있는 최저승진 수요 연수가 2년에서 일 년으로 줄었다. 순경이 된 지 일 년이 조금 넘자마자 승진 시험을 칠 기회가 주어진 것이다. 2004년도 배명들에게 하늘이 주신 기회였다.

　동료들은 기회도 좋고 충분히 승산이 있다며 승진 시험을 권했다. 경위 이하 승진 시험 과목은 형법, 형소법, 실무로 전부 객관식이었다. 형법, 형소법은 채용시험 때 이미 질리도록 공부했고, 실무만 훑어보면 될 일이었다. 찬바람이 불기 시작할 때부터 책을 보았고 다행히 경북청에서 2등으로 한 번에 합격했다. 당시 표창장 점수가 몇 점이었는지, 고가는 어느 정도였는지 전혀 기억이 없다. 멋모르고 준비한 탓인지, 넙죽 합격하고 보니 승진도 별거 아니구나 자만심이 생겼다. 겨우 한 단계 올라가 놓고.

　사람들은 내게 기대하는 바가 컸다. 어린 나이는 곧 가능성의 크기를 의미했다. 지인들은 어리기에 올라갈 가능성도 크다, 최소한 어디까지는 승진하겠다, 덕담을 해주었다. 당시 다양한 경험이나 삶의 철학 역시 부족했던 터라 보고 느끼고 배울 수 있는 건 '계급'이 전부였다. 주변에서 들려오는 덕담은 내게 주문과도 같았다. 마치 자신들이 이루지 못한 꿈을 나로 인해 대리만족하려는 사람들의 말 같았다. 승진이 뭔지는 모르지만 계속 나아가고 싶었다.

경장을 달고서도 계속 순찰팀에서 근무했다. 교대 근무도 힘들었지만 여경이 계속 밤샘 근무를 하는 것도 썩 모양새가 좋지 않았다. 동기들은 본서 내근이나 관리반으로 자리를 옮겼다. 만 2년이 넘어가면서 계속 현장만 뛰고 있으려니 '내가 사회생활을 잘못하고 있나? 아니면 이상한 여경으로 찍혔나?' 하는 불안감이 들기 시작했다. 게다가 현장에서 날아오는 무시나 욕설은 회의감을 가중했다.

## 뒷담화의 단골손님

"똑똑한데 일도 잘하고 술도 잘 먹고 잘 논다니까. 폭탄주 제조도 기막히고, 빼지도 않고 분위기를 얼마나 잘 맞추던지."

누군가를 겨냥한 말인 듯했다. 본인들 말에 따르면 어젯밤 잘 놀았다면서 웬 뒷담화? 평소 하지 못했던 말들을 마음에서 꺼내고, 서로를 좀 더 알아가기 위해 술 한잔의 힘을 빌렸던 게 아닌가. 아침이면 모든 건 물거품처럼 사라지고, 참석했던 '여경'의 웃음소리와 태도만 안줏거리가 된다. 상사 옆자리에 여경 고정석을 배치해 놓고, 동료를 그 자리로 몰아세울 땐 언제고 말이다. 요즘은 미투 운동이 이슈화되면서 술자리에 여경들을 끼우지 않는 분위기다. 회식도 거의 밥만 먹고 헤어지는데 남자들끼리 2차를 가도 모른 척한다. 과도한 선 긋기지만 이런 문화가 자리 잡고 나면 서로 편해지는 건 분명하다.

여경을 두고 퍼지는 소문의 칼날은 늘 나를 향하는 것 같다. 혹시 나도 그 소문의 일부에 해당하는 건 아닐까? 진심이 넘쳐 넘어선 안 되는 선을 넘은 건 아니고? 수시로 자기 검열하지만 아무리 조심해도 거북한 농담이 날아들면 발끈해 버린다.

"계장님, 혹시 마음에 안 드는 사람 있어요?"

"왜요?"

"오늘 회식 때 러브샷 한 번 하고, 집으로 보내면 돼요."

여자의 적은 여자다, 일부 여경들은 불리하면 울면서 높은 사람들 방에 찾아간다, 미인계를 써서 승진했다는 소문은 여전히 살아 있다. 조직 내 소수인 데다, 숨만 쉬어도 튀는 존재라서 소문의 주인공은 여경이기 쉽다.

회의 시간이었다. 현안에 대해 부서별 조율이 필요했고 서로 의견을 주고받았다. 여경 선배가 '바른말'로 문제를 꼬집었다. 그러자 맞은편 팀장님은 화를 냈다. 타 부서 업무에 감 놔라 배 놔라 하는 것이 기분 나쁜 것 같았다. 여경 후배들이 여경 선배가 하는 말에 한마디씩 거들었다. 팀장님 옆에 있던 남자 동료들도 팀장님 말에 한마디씩 거들었다. 분위기가 이상하게 흘러갔다.

그 후 회의가 두려웠고, 하고 싶은 말이 있어도 하지 않았다. 의도적으로 말을 아꼈는데 '여경들끼리 편짰다'라는 소문이 퍼져나갔기 때문이다. 여경은 두 명만 모여도 편짠다, 편 가른다는 편견이 있다. 요즘 경감급 여경이 늘면서 공식적인 발언권이 커지는 분위기지만 분위기를 헤칠 의도로 의견을 내비친 게 아닌데 오해만 쌓이기 일쑤다. 굳이 내가 아니어도 다 돌아가는데 나서서 총알받이가 될 필요는 없지 뭘 늘 이런 식이다.

## 강제 발령

인사철이면 경비 부서 순위 명부가 올라온다. 정해진 차례로 발령이 나는데 인사 규모에 따라 차출 인원도 다르다. 여경은 소수여서 희망자보다 의무 복무자가 많아 일부는 강제 발령이 불가피하다. 둘째 아이 출산 후 복직해서 겨우 적응하려던 때, 여경 경위급 1순위에 내 이름이 올라왔다. 인사 반장은 유보 신청을 하지 않으면 발령 날 확률이 높다고 했다.

정성을 다해 유보 신청서에 사유를 적었다. 연년생 두 딸은 겨우 13개월 차이로 둘째는 겨우 돌을 넘겨 엄마가 꼭 필요하다고 적었다. 생후 12개월 이내면 자동 유보인데, 애석하게도 그 기준을 넘긴 상태였다. 몸이 아픈 첫째 아이의 진료 기록도 보탰다. 조금만 더 키워 놓고, 자원해서 보란 듯 가 주겠다는 마음이었다.

하지만 신청은 부결됐다. 유보 신청 결과에 대해 이의 신청 절차가 있다고 해서 그것까지도 했지만 역시 부결이다. 더 할 수 있는 게 없으니 받아들이는 수밖에 없었지만 결과보다 더 괴로웠던 건 유보 신청과 이의 신청 내용이 고스란히 공개되었다는 사실이다. 남들에겐 워킹맘의 식상한 레퍼토리처럼 보일지 모르지만, 신청서에 담은 몇 줄은 내 생애 가장 아프고 힘든 시간들을 압축해서 담은 내용이었다. 용기 내 겨우 꺼낸 상처들이 발가벗은 채 손가락질 받는 느낌이었고, 결국 기동대에 안 가려고 안간 힘 쓰는 유별난 여경만 남은 것 같았다.

사실 여경들을 이해한다는 이유로 여러 배려를 받는다. 하지만 이런 배려들은 중요한 순간, '그렇기 때문에 안 된다'는 근거가 되기도 한다. 내근을 하려고 해도 여경들은 면허만 있지 운전도 서툴고, 상사를 모시는 것도 한계가 있고, 업무 외적인 건 지시하기 어렵다고 배제된다. 기혼이면 제약은 몇 곱절로 늘어난다.

'여자라서, 여경이라서'라는 말을 하지 않으려고 노력한다. 차이와 차별을 명쾌히 구분 짓지 못하고 우리가 놓은 덫에 우리가 걸리는 우를 범하기 싫다. 아예 '여자'라는 성별과 멀어지고, 무성으로 당당히 사는 것이 훨씬 현명하니까.

## 참을 수 없는 여경의 가벼움

근린공원에서 70대 할아버지들이 싸운다는 신고가 접수됐다. 당사자들과 목격자 진술, 현장 상황 등을 판단해 피의자 한 명을 현행범으로 체포했다. 파출소에서 관련 서류를 작성해 경찰서 형사계로 신병을 인수하는 과정이었다.

순찰차 뒷좌석에서 피의자(할아버지)는 계속 누군가에게 전화를 시도했다. 과장, 팀장, 형사까지 자신이 아는 인맥은 총동원하는 모양이었다. 지금 자신이 체포되었고, 난감한 상황이니 빨리 조치해 달라는 것이었다. 술에 취했고, 체포까지 당했으니 저 정도는 그나마 양호하다고 생각했다. 한 귀로 듣고 한 귀로 흘려보내면 그만이었다.

"야, 내가 누군지 알아? 어디서 나를 체포해? 나는 경찰서 가면 곧바로 풀려나. 풀려나면 가만히 안 둬."

형사계 데스크에 도착했다. 계속 자신이 누군지도 모르고 겁 없이 체포했다며 기고만장이다. 아랑곳하지 않고 당직 형사에게 간략히 체포 경위를 설명했다. 순간, 피의자는 내 손에 들려 있던 현행범 체포서를 강탈해 "이건 다 가짜야"하며 찢어 버렸다.

순식간에 일어난 일이었다. 형사계 사무실에서, 그것도 CCTV 바로 앞에서 말이다. 이미 형사계에 들어온 만큼 도주할 리도 없고, CCTV가 증거 수집을 해놓은 터라 최대한 감정을 누그러뜨렸다. 하지만 느낌이 이상했다. 상황을 고스란히 목격한 동료들의 반응은 이해하기 어려웠다. 공용서류 무효죄를 추가하기 위해 컴퓨터를 빌려달라고 했지만 아무도 대답하지 않았다. 내 눈치만 살피며 '그냥 넘어가자'라는 기류가 흘렀다.

순찰팀 여경에 불과했지만, 나는 물러서지 않았다. 천장 모퉁이 CCTV를 가리키며 미란다원칙을 알렸다. 그리고 신병은 정확히 인계했고, 컴퓨터를 안 빌려주니 파출소에 가서 다시 작성해 올 테니 그때까지 꼼짝 말고 기다리라고 했다. 돌아가는 내내 참담함이 밀려왔다. 동물원 원숭이처럼 나를 쳐다보는 느낌, 뭘 그리 유별나게 그러냐는 무언의 비난이 머릿속에서 사라지지 않았다. 내 안이 무너지니까, 세상이 모두 달갑지 않게 느껴졌다.

다시 파출소로 돌아왔을 때 이미 퇴근 시간이 지나 있었다. 다른 동료는 모두 퇴근시키고, 마지막까지 남은

L 반장님이 나를 기다리고 있었다.

"신모야, 절대 네 감정을 직접 드러내지 마. 잘잘못을 떠나 어른들은 뒷말하기 일쑤고 결국 너만 손해다. 만약 너의 소신이 도저히 용납할 수 없거든 물 한 모금 삼키고 타이핑을 쳐. 문서로 말하고, 표현하고, 풀어내면 된다."

반장님은 나를 위로한 후, 대신 보고서를 써 주셨다. 격앙된 감정으로 무엇을 할 수 없는 나였다. L 반장님과 함께 다시 형사계로 돌아왔다. 추가 서류를 전달하고 보니, 피의자는 이미 조사를 마치고 자유로운 상태였다. 내가 참고인 진술조서를 받을 차례였다. 나를 조사하는 형사 옆에 피의자는 당당히 서 있었다. 마치 자신이 형사인 듯, 나를 취조하는 느낌으로.

내가 모르는 그들만의 세상은 궁금하지 않았다. 알아도 알고 싶지 않았다. 참을 수 없는 존재의 가벼움, 이 문구만 생각났다. 모두가 등 돌렸지만 L 반장님 덕분에 나는 조직에 정을 떼지 않았다. 마지막까지 희망이 되어 준 한 동료의 힘으로 나는 버텼다.

삶을 주체적으로 살아 내기 위해 치러야 할 희생은 만

만치 않다. 여경의 삶을 유지하기 위해 기어코 지불해야 하는 어떤 대가가 있다면, 마땅히 지불하겠다. 여경이어서 겪었던 누군가의 오늘을 목격하거든 외면하지 말았으면 한다. 뜰에 떨어진 꽃잎을 보거든 쓸지 말고, 쓰다듬어 주길.

## 경찰에게 막말하지 마세요

"제복 한번 입어 봐, 가만히 있어도 10년은 더 늙어 보여."

경찰은 야간근무 탓에 노화 속도가 빠르지만, 제복이 주는 특수효과 덕분에 나이보다 저만치 앞서 살아간다. 나이도 계급이라고, 사회생활을 하면서 나이의 중요성을 체감한 때가 있다. 조직 내에서도, 국민 앞에서도 어리다는 이유로 저평가되는 게 염려스러웠다. 그래서 제복이 고마웠다. 동안은 아니지만, 나의 앳된 언행이 제복 뒤에 감춰지는 효과가 있었기 때문이다.

특히 단골손님인 취객 앞에서는 머리도 희끗희끗하고, 배도 나와 형님 같은 포스를 풍겨야만 대화도 순조롭게 진행된다. 경찰은 나이가 들어 보여야 유리하다. 세상살이가 그러하지만, 어려 보이거나 만만하면 반말로 공격을 받거나, 꼬투리 잡히기 일쑤다. 더욱이 여자라면 더. 더. 더. 그러하다.

올 초까지 함께하던 여경 후배가 있었다. 국민이 교통 법규 위반 사항을 스마트제보 앱이나 국민신문고 사이트를 통해 신고하면 판독 후 단속하는 업무를 맡았다. 현장에서 직접 단속하는 것과 별반 다른 바 없었기에 실랑이는 일상이었다.

한번은 나이가 지긋하신 분이 위반 내용을 부인하자 언쟁이 이어졌다. 시종일관 경찰관에게 반말하더니, 기어코 뱉은 한마디.

"거 참. 여자랑 말이 안 통하네. 남자 경찰관으로 바꿔."

흔히 듣는 말이라서 대수롭지 않게 넘길 수 있지만, 사실 당사자에게는 비수처럼 꽂히는 말이다. 지켜보다 자리를 박차고 후배 뒤로 갔다. 내가 겨우 할 수 있는 말이라곤 "경찰관에게 반말하지 마세요!" 정도였다. 그분에게 나 역시 말 안 통하는 여자에 불과하니까 말이다.

후임으로 온 N 주임은 일 처리가 정확하고 논리적인 언변으로 현장에 빠르게 적응했다. 하지만 어떤 사람이,

어떤 능력을 갖추고 있느냐는 중요하지 않을 때가 있다. N 주임이 면허 창구에서 나이가 지긋하신 민원인에게 혼난 일이 있었다.

"어른에게는 성함이라고 해야지, 예의 없이 이름이 뭐냐고."

나는 민원인이 불쾌감을 표시하면 사과부터 하는 버릇이 있는데 N 주임은 당당하게 이름이 표준어라고 말했다. 민원인은 그 답에 더 화가 났다. 자신이 듣고 싶었던 말이 아닐뿐더러, 젊은 '여자'의 말대꾸로 들릴 테니까 말이다. N 주임은 아랑곳하지 않고 설명을 이어가다 다시 한 번 '이름'이라고 했다. 고의가 아니라 습관에서 비롯된 것이었다.

"또 또 이름이라고 한다."

민원 창구에서, 다른 사람들이 보는 앞에서, N 주임은 보란 듯 훈계를 받았다. N 주임은 순식간에 죄인이 되어 "저도 모르게 습관이 되어서 그렇네요. 죄송합니다"라며 사과했다. 만약 남자 경찰관이 '이름'이라고 했다면, 그분은 기어코 훈계하고 사과를 받아냈을까?

## 여자이기 때문에 더 잘하지 마

육아휴직을 끝내고 복직한 첫날, 신임처럼 낯설고 설레는 마음이었다. 다행히 가장 바쁜 지구대로 발령이 난 터라 내게 관심 가질 리도 만무했지만, 내게는 휴직 전과 휴직 후의 세상만 존재하듯 모든 게 새롭게 느껴졌다.

마침 여경 한 명이 들어왔다. 나를 보자마자 '누구?' 하는 표정으로 '까딱 인사'조차 생략하고, 마치 지구대 터줏대감처럼 동료들과 다정한 대화를 이어갔다. 초면인데다 대화에 낄 수 있는 상태도 아니어서 관찰자 입장에 머물렀다.

대원들은 이별을 아쉬워 하는 대화를 나눴다. 실습을 마치고 곧 떠날 시기가 임박했는지, 어젯밤 회식 이야기에 얼큰히 취해 있었다.

'아, 실습생이구나. 나도 저렇게 풋풋할 때가 있었는데⋯⋯.'

한동안 쉬었다 온 죄로, '선배도 몰라보고 인사도 안 하니? 근무복에 계급장까지 차고 있는데 설마 실습생보다 후배일 리는 없잖아'라고 소리치는 고리타분한 속마음은 애써 누른 뒤였다.

여경은 민원인용 테이블에 털썩 엎드리더니 "잠을 거의 못 자고 나와서 힘들어요"라고 말했다. 실습생이지만 정이 많이 들었구나, 이만큼 친분이 있으려면 큰 노력을 했겠다고 생각했다. 꼰대처럼 질타하고 싶은 마음이 굴뚝같았지만, 예전에 내 모습이 떠오르며 말문이 막혔다.

'실습생, 더구나 여경은 누구나 이렇게 흔들리는구나. 나도 뭘 참 몰랐구나⋯⋯.'

실습생 시절, 처음으로 직장인의 회식을 경험했다. 이기지도 못하는 술을 기어코 마시고 당시 막내 반장님의 부축을 받고 집까지 온 기억이 있다. 자세히 기억나지 않는데, 그분의 표정만큼은 생생하다. '정말 어디다 버릴 수도 없고'라고 얼굴에 씌어 있었다.

다음 날, 동료들을 보기 민망했다. 다시는 실수하지 말자, 여경이 이렇게 헤퍼 보여선 안 된다며 자책하고 반성했다. 하지만 실습 기간이 막바지에 이르렀고, 나를 위한 송별 회식은 어김없이 다가왔다. 모두 가족처럼 아끼고 챙겨주신 터라, 나를 위해 마련한 자리에 내가 빠질 순 없었다. 일단 통보받은 시간에, 그 장소로 나갔다.

'어? 내가 시간을 잘못 봤나? 여기가 아닌가?'

분명 맞는데 동료들이 없었다. 식당 사장님께 여쭈어 보니, 여기가 맞다며 한 곳으로 나를 안내했다. 문을 여는 순간, 다른 팀원들은 없고 유독 나를 챙겨 주셨던 반장님 한 분만 계셨다. 왜 다른 분들은 안 계시냐고 놀라 물었더니 반장님은 굳이 부를 필요 없다며 미소 지었다.

순진함도 죄처럼 느껴졌다. 자리를 박차고 나오는데 반장님은 식당 사장님과 함께 잠시만 앉아보라며 붙잡았다. 그는 나를 앞에 두고 술을 연거푸 몇 잔 들이켜더니 나가자며 팔을 잡아끌었다. 나는 울면서 뒤도 돌아보지 않고 도망쳤다.

동료라는 이름으로, 그것도 경찰이라는 든든한 울타리 안의 모든 것을 의심 없이 믿어버린 죄라 생각했다. 상대 방은 혹여 내가 눈웃음을 치며 자신을 유혹했다고 말할지 모른다. 너무나 억울하지만 자신에게 스스로 상처 주며 아파할 필요는 없다. 지금도 여전히 여경이라는 이유로 비슷한 상황을 겪고 있을 후배들을 생각하면 아찔하다.

돌아보면 얼굴 화끈거리고 부끄러울 때가 있기에, 술 없이도 맨정신에 소통하는 법을 계속 고민하며 산다. 약한 술에 도전하는 것처럼, 경찰이 해야 하는 일 그 이상까지 잘하기 위해 애쓰지 않으려고 노력 중이다. 사회생활을 하다 보면 내가 '여자'이기 때문에 유독 기대하는 것들이 있다. 하지만 모든 것에 자신을 맞추며 살 필요는 없다. 잘해야 한다는 강박 속에 악마는 숨어 있다.

## 엄연한 차별 앞에서

매년 7월 1일, 여경의 날 존폐와 관련 찬반 의견이 분분하다. 여경이 소수였던 시절, 그 희소성을 인정받아 기념일을 얻었지만 지금은 여경이 조직의 10퍼센트를 넘기면서 불필요한 특권의식은 오히려 내부 분위기를 저해시킨다는 여론이 우세하다.

여자에 대한 보편적인 잣대는 그 자체로 편견의 잣대가 된 시절은 엄연히 존재했고, 여전히 존재한다. 여경의 날은 여경이라서 홀대받고 외면받았던 숱한 시간을 단 하루만큼이라도 위로받고 응원받을 수 있다면 좋겠다는 취지에서 만들어졌을 것이다.

나는 존폐 논란은 무의미하다고 생각한다. 기념일이란 자고로 축하하는 마음이 첫째인데, 바로 옆 동료에게조차 축하받지 못하는 기념일이 무슨 대수일까. 다만 여경의 날을 폐지하려면 여경에 대한 기존의 편견이나 선입견도 함께 버려 주기 바란다. 우리는 특혜를 원하는 것이 아니라, 차이를 인정받고 평범한 경찰관으로 한몫 해내기를 원한다.

여전히 성희롱이나 성범죄의 피해자는 대부분 여성이고, 여경이다. 어떤 현안이 발생할 때마다 피해자 전수조사가 시행된다. 물론 여자들만을 대상으로 한다. 사후 예방을 위해서라도 당연히 필요한 절차지만, 그때마다 피해자가 아닌 여성들도 덩달아 불편함을 느낀다. 잠정적 피해자는커녕, 잠정적 가해자로 눈치받기 일쑤다. 여경과는 말도 섞지 마라, 할 말 있으면 공문으로 해라 등 거북한 농담들이 오가고, 성별 논리는 아무 문제없이 흘러가던 일상 속에서 뾰루지처럼 도드라진다.

우리는 차이가 있다. 위험하고 과격한 치안 현장에서

가끔은 보호받을 수밖에 없는 신체적 열등함을 가지고 있다. 여경이라서 가지는 단점이 누구나 가진 단점보다 열등한 것은 아니다. 최적의 평등 상태는 오지 못할지라도 당신의 단점 하나와 여경이라는 단점 하나가 수평상에 놓여 있다는 점은 알아 주기 바란다.

"여경들은 건들기만 해도 찔릴 것 같아. 마치 선인장처럼."

흔히 여경들을 경찰의 꽃이라고 한다. 조직 내 소수이기도 하고, 부드러운 경찰 이미지를 대변할 때 흔히 꽃으로 비유된다. 이런 이미지도 잠시, 내부적으로는 '센 언니'라는 강한 인상을 지울 수가 없다. 옛날로 치면 총과 칼을 차는 무관에 속하는데, 팔자가 세지 않고서야 무관이 되기 어렵다. 실제 업무에서도 여자라고 예외는 없다. 남자보다 신체적으로 약하다고 해서 궂은일을 피해갈 순 없다.

요즘은 여경 비율이 점차 늘어나면서 꽃에 비유하는 것을 스스로 마다하는 여경들이 많다. 나약하고 곱상한 척 내숭 떠는 이미지를 벗어던지겠다는 당찬 각오들이다. 여경이라서 보호받고, 대접받는 시대는 지났다.

문제는 여경이 제 한몫을 해내도 말이 나온다는 것이다. 남자가 승진하면 '열정적이다, 야망이 있다'라고 하지만, 여자가 승진하면 '욕심이 많다, 독하다'라고 한다. 엄마인 여경은 '계급밖에 모르는 사람'으로 비치는데, 일까지 열심히 하면 경계 대상에 오른다.

지역 관서의 협조를 구하기 위해 한마디 했다가 튀지 말고 조용히 살라는 충고를 듣는다. 소통을 위해 SNS 밴드가 활성화되던 때 '댓글 달고 하면 괜히 구설 오른다'라는 조언을 들었다. 모두 나를 생각해서 해 주는 말이지만, 결론은 있는 듯 없는 듯 조용히 살라는 뜻이다.

얼마 전 워크숍에서 13년 만에 동기 언니를 만났다. 생활실이 달라 각별한 친분은 없었지만, 워낙 유쾌하고 자유분방해서 기억에 남은 언니다. 외국어에 유창하고, 여행을 사랑하고 활력이 넘치던 그녀였건만 대화 속에 조직 냄새가 그득했다. 열심히 사는 것뿐인데, 조직과 동료들은 있는 그대로 자신을 봐주지 않는다고 했다. 원하는 패션 스타일까지 포기하며 조직이 원하는 대로 길드는 중이라고 했다.

언니는 앞으로 나아가는 힘만큼 세계 저항을 받는 듯했다. 순경 출신들이 경감까지 오르기도 어렵지만, 진짜 시작은 지금부터라는 생각이 들었다. 우린 조직에 길들기를 거부하면서도, 살기 위해 천직인 양 길드는 자신에게 회의를 느끼고 있었다.

13년의 세월을 한걸음에 뛰어넘어, 언니를 통해 지난 시간을 돌아보았다. 눈만 깜빡여도 설치는 존재, 존재만으로도 경쟁 상대가 되는 여경이다. 내가 품는 그 모든 것은 왠지 불순한 것 같아서 드러내면 단칼에 베일 것 같았다. 그래서 '평범함이 진리'라고 자신을 가두고 있었다. 질투를 소강시키는 방법이다. 세상은 가끔 '여경'이라는 이유로 이런 걸 요구하나 보다.

"내가 더 잘 '못' 할게요."

# 가임기 여성은
# 경찰 하면 안 되나요?

 여경은 파출소 내에서도 팀 교체가 잦다. 본인의 의사는 안중에도 없이, 팀별 안배 및 임신 가능성 등을 이유로 강제 발령이 난다. '한 팀에 여경이 두 명 있으면 안 된다, 임신하면 곧 가버릴 텐데'라는 꼬리표를 달고 사는 것이 여경이다.

초임 시절부터 숱하게 팀을 옮겼다. 내 의지나 의사는 개입된 적이 없다. 그렇게 소속이 불분명한 그 어디쯤 머물렀다. 신임 때는 경험이나 실력이 부족하니 상처받더라도, 쉽게 수긍했다. 내가 감수해야 할, 반드시 극복해야 할 부분이었기 때문이다.

하지만 경사를 달고 서울로 발령이 났는데도 팀 조정은 예외가 없었다. 서울에 온 지 4개월 만에 겨우 적응해 가는 나를 뒤흔드는 일이 있었는데, 휴가 중에 '팀을 옮기라' 문자 통보를 받은 것이다. 눈 뜨고 있어도 코 베어 간다는 서울을 실감했다.

우리는 자주 미안하다는 이유로 마음의 준비를 할 시간을 주지 않는다. 경찰 특성상 긴급성은 인사에도 어김없이 작용하는데, 주로 발령이 고지되기 직전에 알려 준다. 급작스러운 인사 발령도 억울한데 내 편이라고 생각했던 동료들 사이에 내가 옮기는 게 당연하다는 말이 오갔다.

"여경이 옮겨야지, 결혼은 했지만 아직 아이도 없고. 팀만 바뀌니까 큰 문제 없어."

서러움과 배신감, 동료들에게 느끼고 싶지 않은 악감정들이 폭탄처럼 터졌다. 서러웠지만, 이 상황을 타개할 뾰족한 방법은 없었다. 이런저런 이유로 내가 거론됐는데, 가기 싫다고 버티는 것도 답은 아니었다. 신혼이라 가임 여성이 맞고, 곧 엄마가 될 수도 있었다. 습관처럼 자신을 달래고, 또 한 번 새로운 환경에 적응해야 했다. 새 팀에서의 두 번째 근무 시간이었다.

"신모야. 울며 왔다가 웃으며 갈 거다. 누구도 너를 심적으로 힘들게 할 사람은 없다. '임신'이라는 핸디캡 때문에 주저했지만, 너는 정말 A급 여경이다."

나를 새로운 가족으로 맞아준 팀장님과 동료들이 해준 말이었다. 상처 입은 내 감정까지 보듬어 주고, 가슴으로 품어 주는 새 식구들이 참 고마웠다. 항상 그랬듯 새로운 발령지에 가면 죽을 것 같아도 난 그곳에서 더 잘 살았다. 길이 끝나는 곳에서 길이 시작된다는 것을 실감했다. 좋은 사람들이 내 사람인 걸 확인할 수 있어 다행이고, 상처 준 사람들의 시커먼 속을 들여다볼 수 있어 다행이라 생각했다. 팀에 소속되어 있을 때는 팔이 안으로 굽듯 시야가 좁아지고 마음이 간힌다. 비록 원치 않은 팀 교체였지만, 숲에서 벗어나야 숲을 볼 수 있다는 사실이 나를 일으켰다.

직무 만족도 조사 결과를 보면, 동료들이 주는 배신감이나 실망감이 직무 만족에 지대한 영향을 미친다고 한다. 동료란 일반적인 타인과 달리 나의 일부, 아니면 내 안에 존재하는 지극히 가까운 타인으로 인식하기에 상처도 배가 된다.

흔히 여경을 받은 팀이 가장 손해를 보고, 여경을 보낸 팀이 가장 큰 덕을 본다고 한다. 위험하고 매우 급한 치안 현장에서 동료인 여경을 지키는 게 더 부담인 것이다. 여경이 소속된 팀은 전력에 차질을 느낄 수밖에 없다.

하지만 세상은 변했다. 한계를 인정하고 그 한계를 거뜬히 넘어서려는 여경들이 많다. 무도뿐만 아니라 강단지고 꼼꼼한 일 처리로 웬만한 남경들보다 더 대차게 일을 해결하는 여경도 많다. 여경은 수사 자료 작성이라던가, 민원인 응대 부분에서도 두각을 나타내기도 한다. 이젠 여경이 온다고 하면 관심을 보이기도 한다. 소수의 여경 집단이 조직의 온전한 일부로 흡수되는 분위기가 형성되고 있다.

누구나 한계가 있다. 나이, 여자, 출신, 배명 등 한계는 다양하다. 굳이 그걸 한계라고 선을 그어 준 것은 뛰어넘으라는 신의 표시다. 나 또한 '나이', '여자'라는 아킬레스건이 있었다. 하지만 이로 인해 손해만 본 것은 아니다. 아킬레스건을 거꾸로 생각하면 희망이다. 나만이 보유한 강점에 집중하고, 그 강점이 더 빛을 발할 수 있도록 노력하는 것이 중요하다.

원하지 않아서 떠밀린 삶이라도 '운명'이라 생각하고 묵묵히 걸어가야 한다. 그 길로 가야만 얻을 수 있는 선물이 있다. 시간이 흐르면 우린 그것을 아름답게 회상할 것이다. 신의 한 수였다고.

## 엄마라는 '약점'

약 2년의 육아휴직을 마치고 복직하면서, 시댁에 아이들을 맡겼다. 왕복 600킬로미터가 되는 거리를 매주 오가니 몸도 마음도 지쳤다. 무엇보다 아이들과 만나면 곧 이별이니, 주말이 그토록 잔인할 수 없었다.

우는 모습 안 보려고 재운 후 출발하니 서울에 도착하면 새벽 2시가 훌쩍 넘었다. 어른인 우리는 그나마 나았다. 아이들은 눈 뜨면 엄마, 아빠를 잃어버리는 충격을 매주 반복해야 했다. 아이들은 자정이 되도록 잠들지 않고 버텼다.

눈에 넣어도 안 아픈 아이들을 강제로 떼놓고 돌아서며 얼마나 울었는지 모른다. 엄마 품에서 사랑받아도 모자랄 판에 매주 생이별을 하게 하니 참 모진 엄마다. 동해 휴게소 담벼락에 서서 바다를 향해 얼마나 소리 내 울었던지, 남편도 울고 나도 울고 세상도 울었다.

'내 새끼들, 찬란하도록 아름다운 가을 햇살도 우리 가족을 위해 존재하는 거야. 세상은 그렇게, 우리를 알게 모르게 돕고 있어. 엄마, 아빠 믿고 조금만 더 힘내렴. 사무치도록 사랑한다.'

일 년간 장거리 육아를 하면서도 사무실 동료들에게는 철저히 비밀로 했다. 이따금 시댁에 간다는 정도로 지금의 상황을 얼버무렸다. 내가 엄마라는 사실, 아이가 둘 있다는 사실, 이 사실만으로도 조직은 나에게 편견을 갖는다. '엄마라서 충성할 수 없다'는 것이다. 게다가 주말마다 지방을 오간다고 생각하면, 부담스러워서 어떤 일도 쉽게 맡길 수 없을 것이다.

그해 판자촌 마을에 불이 나 대원 전원이 소집되었다.

일요일 늦은 저녁이었는데, 동해에 있었던 탓에 두 시간 정도 늦게 도착했다. 급히 달려왔지만, 상황은 종료된 상태였다. 상황 유지 외에 크게 할 일은 없었지만, 묵직한 죄책감이 올라왔다.

한창 힘겨웠던 그때, 50대 여경 선배님과의 대화가 기억난다. 보란 듯이 딸 둘을 키워 놓고 요즘은 여행 삼매경에 빠져 있다고 했다. 지금이 얼마나 행복한지 모르겠다는 표정에 여유가 넘쳤다. 선배님은 일과 육아를 병행하기에 벅찼던 과거를 회상하며 말씀하셨다.

"청춘을 돌려준다고 해도 마다할 거야. 내 인생에서 30~40대는 고스란히 도려내고 싶어."

썩은 사과를 시원하게 도려내고 싶다고 할까? 먹먹함에 눈물이 핑 돌았다. 도려내고 싶었던 지난 시간이 아직도 살아 있는 것 같았다. 선배님이 도려내고 싶다던 그 30대 중반에 나는 서 있다. 물론 그때보다 여건은 좋아졌다. 하지만 엄마의 역할을 제대로 해낸다는 건 그때나 지금이나 어렵고 힘들기는 매한가지다. 경찰인 내가, 엄마인 내가, 힘들지만 힘 나는 생의 절정기를 도려내야 할 이유는 없다.

## 여경으로
## 살아남기

 경찰이 되었다. 그냥 경찰이 아닌 여경의
삶이 시작된 것이다. 경찰 앞에 '여자'라는
수식어가 당연한 듯 붙여졌다. 경찰 채용
시험도 여경 합격선이 10점 이상 높았고, 경쟁률도 곱절
로 높았다. 어떤 시련에도 여자 경찰관으로서 꼭 필요한
사람이 되고 싶었다.

현실은 꿈과 사뭇 달랐다. 성별은 곧 약점이 되어 사
사건건 도드라졌다. 무의식중에 '남자들보다 더 잘해야
살아남는다'라는 강박감이 심어졌다. 무엇을 해도 조금
더 잘해야 했다. 그래야 겨우 밥값이라도 하는 것 같았기

때문이다.

성공한 여성 CEO나 여성 고위 간부들은 "남자보다 더 잘해야 선택받고, 인정받을 수 있다"라고 대놓고 강조한다. 여자가 성공하려면, 최소한 두각을 드러내려면 남자보다 나은 무엇을 강요받는다. 누가 시킨 적도 없는데 부단히 '여경의 역할'에 대해 고민하며 살았다. 농담 한마디, 작은 행동을 할 때도 '잘하는 이미지'를 구현하기 위해 애썼다. 무엇을 하든, 어떤 말을 하든 내가 여경이라는 사실을 염두에 두며 살아남기 위해 사투를 벌였다.

그냥 살기도 팍팍한데 왜 군이 여경이라서 더 잘해야 한다는 강박에 사로잡혀 살았던 걸까? 14년째 여경으로 살고 있지만, 여전히 어떻게 사는 게 정답인지 모르겠다.

## 여경이 사회를 본다고?

경찰 내부에서 사용하는 메신저가 있다. 카카오톡과 유사한 기능으로, 업무 공유나 자료 전송 등을 편리하게 사용할 수 있다. 조직도 기능에는 기관, 부서마다 소속 직원이 나열되어 있어 누가 무슨 일을 하는지 찾기 편하다. 업무상 밀접한 관계가 있는 동료들, 예전 함께 근무했던 동료들은 '내목록에 추가'해 그룹별로 담아 놓았다.

내목록을 물끄러미 바라보았다. 살기 바빠 안부를 묻지 못하지만, 어느 부서에서 무슨 일을 하며 살고 있는지 마음으로 확인하는 작업이다. 한데 익숙한 이름이 사라지고 없다. 다시 찾아봐도 정말 없다. 흔적도 없이, 인사도 없이, 그렇게 사라졌다.

경찰 인생을 마감하는 일은 조직도에서 홀연히 사라지는 것처럼 가벼울지 모른다. 물론 20년 넘게 경찰 생활을 해야 하는 내가, 퇴직과 같은 영원한 이별을 생각하기는 이르다. 하지만 나의 일부분을 차지하고 있는 동료가 조직을 떠났다. 이 사실은 결코 가벼울 수 없다. 내가 할 수 있는 거라곤 '아쉽다'라는 마음을 가슴으로 삭이는 일뿐이다. 물론 내 마음이 상대에게 닿을 리 없고, 내 마음 역시 그렇게 닿기를 기대하지도 않는다. 오고 가는 인연을 바라보며, 남몰래 마음 한 점을 보냈다 지워 낼 뿐이다.

육아에 발목이 잡혀서 그런가, 몇 년마다 자리를 옮겨야 하는 경감 계급이라 그런가, 아니면 철이 들어서 그런가? 예전과 다른 마음가짐으로 관계를 맺는다. 내 능력으로는 감당할 수 없는 관계 확장에 포기를 선언했다. 조금 살아 보니, 사후 관리가 필요한 건 '진심'에서 비롯되기보다 소유욕 때문이다. 곁에 있을 때 잘하는 것이 중요하다. 관리가 소홀하면 떠나는 관계는 보내 주고, 현재 내 삶을 둘러싼 인연들만큼은 마음을 다하여 지켜 내야 한다.

작년 6월, 상반기 퇴임식 사회를 맡아 달라는 부탁이 들어왔다. 경험은 없지만, 마음이 시키는 일에 역행하지 않으려고 수긍했다. 담담히 시나리오만 읽으려던 계획과 달리, 멘트를 수정하면서 울컥했다. 낯선 감정이었다.

'선배님들 경찰 인생 안에는 얼마나 많은 이야기가 있었을지, 업무나 인간관계 어느 것 하나 쉬이 여길 수 없었던 지난날을 존경합니다.'

아무도 모르는 각자만의 이야기, 특별할 것 없지만 감동과 후회와 보람으로 물들었던 시간. 그 세월을 견뎠다는 사실만으로도 충분히 존경받아 마땅하다고 생각했다. 경찰을 떠나기 싫다며 행사장을 눈물바다로 만들었던 정보장비화 계장님 얼굴이 아직도 생생하다.

한 해가 지나 다시 6월, 일 년 전 경험 덕분에 다시 사회를 맡아 달라는 부탁이 들어왔다. '여경이 사회를 보면 분위기가 다르다'라는 말과 함께. 여러 차례 정중히 거절했지만, 이번 퇴임식의 주인공 다섯 분은 나와 함께 직간접적으로 인연을 맺었던 선배님들이다. 선배님들을 생각하니 나만의 방법으로 아름다운 인사를 드리는 것도 예의다 싶어 수락하고 싶었다.

하지만 '여경이 사회를 보면'이라는 말이 걸렸다. 조직이 바라는 여경의 역할은 도대체 무엇일까? 여경인 내게 어떤 분위기를 기대하는 걸까? 인정하기 싫지만, 나도 모르게 '여경'이라는 전제조건이 붙으면 불쑥 거부감이 밀려온다. 경찰을 시작할 때부터 지금까지 이 전제조건에 수없이 흔들려 왔기 때문이다. 나의 진심을 조직이 악용하는 거 아닌가?

경험, 나이, 가치관의 변화 덕분에 요즘은 '하고 싶지 않은 일'에 '싫어요' 말하고 죄책감을 느끼지 않으려 애쓴다. 누가 시킨다고, 도와 달라고 해서 마지못해서 할 생각은 없다. 대신, 내 마음이 하는 소리에 더 귀담아듣는다. 마음에 묻고 또 묻는다. 그리고 확신이 서면 실행에 옮긴다.

사회자의 역할은 무엇일까? 행사를 물 흘러가듯 이끄는 것? 담담한 멘트 하나에도 진심을 담는 것? 진심은 목소리로 표현되는 거니까, 목소리 톤이나 빠르기는? 과한 감정 이입은 오히려 행사를 축축하게 만드니까, 중심 잡고?

모두 무의미하다. 사회자는 공기처럼 자연스럽게, 묵묵히 주어진 시간을 안내하면 된다. 나머지는 퇴직 선배들, 가족들, 동료들이 알아서 채운다. 행사 분위기는 그렇게 모두가 한마음으로 모아 채우는 것이다. 우리도 모르게 한 부분은 눈물이, 한 부분은 웃음이, 그리고 한 부분은 감동이 말이다.

경찰관은 감정 표현에 유독 약하다. 감췄던 진심을 뱉는 순간, 그 온도는 무엇보다 뜨겁다. 주어진 업이 그러해서 점점 더 속으로 삼키는 버릇, 마음 한 번 나누는 일도 이 눈치 저 눈치 보며 주저한다. 조직의 특성이라 어쩔 수 없지만, 마음과 마음 사이의 경계를 허무는 일에 내가 조금이라도 일조할 수 있다면 기꺼이 감당해야 한다. 물론 '여경'이어서 선택되기보다는 '나'여서 선택되길 바라지만.

## 경찰이라는 업의 의미

대기용 의자가 만석일 정도로 분주한 날이었다. 전혀 낯설진 않지만, 그렇다고 익숙하지도 않은 평범한 날. 다양한 소음이 오갔지만, 곁을 내주지 않고 곧장 화장실로 향했다. '휴, 빠져나왔구나' 하는 찰나 나를 불러 세우는 누군가와 마주했다. 곱다는 말이 절로 나올 만큼 선한 눈망울에 아름다운 미소를 가진 여인이었다. 그녀는 난감한 부탁을 했다. 지체 장애를 앓고 있는 고3 딸아이를 강하게 훈계해 달라고 했다.

해당 부서를 안내했다. 도와드리고 싶지만, 담당 업무가 달라 큰 도움은 어려울 것 같다며 정중히 말씀드렸다. 사연은 안타깝지만, 여성청소년계라는 부서가 있고, 민원실 내 수사 상담관도 있으니 그쪽 도움이 현실적일 것 같았다. 어머니는 단호하고 간곡했다. 자신들에게 경찰은 다 똑같은 경찰이기에, 그저 상담해 주시면 된다고 했다. 결국 지금 눈앞에 있는 '나'여야 한다는 뜻이었다.

"경찰관 옷만 입으면 돼요. 겁 좀 주세요. 이제 엄마 말은 듣지를 않아요."

아이라고 부르기엔 성인의 모습이 역력한 딸 P. 경찰을 하다 보면 이런 부탁을 하시는 부모님들이 종종 있다. 아이들이 처음으로 남의 물건에 손댔을 때, 부모님께 욕하며 대들었을 때, 친구들과 싸웠을 때 등 일부 부모님들은 '친절하게도' 경찰서로 아이들을 인계하신다. 물론 체포와 사후 조치의 목적은 애당초 '훈방'이지만, 경찰의 손을 빌려야 효과가 있다고 믿기 때문이다.

그 경찰관이 기어코 '나'여야만 한다면, 응하는 게 순리다. P는 밤마다 고함을 질러 이웃을 방해했고, 자신의 휴대전화도 던져 깨뜨렸단다. 어머니께 손찌검도 했고, 운전하는 부모님을 방해해 사고도 날 뻔했단다. 그녀는 P의 잘못을 나열하면서도, 한편으로는 나를 충분히 믿지 못하는 눈치였다.

"그렇게 웃는 얼굴로는 겁주기 어려울 텐데…… . 그래도 부탁 좀 드릴게요."

일단 P와 마주 앉아 눈빛을 주고받았다. 왜 그랬는지 차근차근 물었다. P는 느리지만 또박또박 최선을 다해 물음에 답했다.

"엄마가 밥 마니 먹지 말라고 해떠 화나떠요. 동생이 '야!' 라고 해서 화나떠요."

"화난다고 해서 물건을 던지고 부모님을 때리면 안돼. 너는 자기 인생에 책임져야 할 나이야. 어른이 되면 부모님이 대신 사과하고 벌을 받을 수 없어. 내가 잘못하면 내가 감옥에 가는 거야. 차가운 감옥! 어려서, 몰라서 용서됐던 것들도 이젠 스스로 책임져야 해."

"P는 뭐가 제일 힘들어?"

"구슬꿰기랑 스티커 붙이기."

의외의 답이었다. 한 번도 상상해 본 적 없는 답이었다. P는 옆에 있는 언니들이 도와줘서 할 만하다고 웃으며 말했다. P의 세상과 전혀 다른 내 훈계 속의 세상, 그 어긋남 앞에서 미안하다 못해 부끄러움이 올라왔다. P는 스스로 자립하기 위해, 살아 내기 위해 무엇을 배운다.

P의 마음 언저리에 내 마음이 다다르자 이야기가 풀려나갔다. 죄인처럼 두 손을 모으고, 눈물을 뚝뚝 흘리던 P의 얼굴에 작은 빛이 들었다. 어머니의 부탁을 최대한 담아내고, 내 뜨거운 진심을 보태어 상담을 마쳤다.

"경찰 이모 예뻐?"

"네. 너무 예.뻐.요."

"이모 명함이야. 이모랑 약속한 5가지를 스스로 지키지 못하면 엄마가 전화하실 거야. 대신 P도 힘든 일이 있거나 이모가 보고 싶으면 언제든 전화하기! 알았지? 기다릴게."

나는 경찰관이다. 어떤 부서에서, 무슨 일을 하는지는 전혀 중요하지 않다. 고운 얼굴로 웃는 여경인지, 우락부락 인상 쓰며 추궁하는 남경인지는 중요하지 않다. 국민이 원하는 경찰관으로 도움의 손길을 내밀어 주면 될 일이다. 필요하다는 그 순간에 함께 있어 주면 된다. 나는 한 사람의 경찰관으로서 흔치 않은 상담을 했다. 그들의 삶을 의뢰받은 후, 내 인생을 진하게 음미했다. 내게 주어진 경찰이라는 업의 의미를.

경찰은 의도하지 않게 타인의 삶에 깊이 관여한다. 대부분 업무적으로 스치며 지나가지만 어떤 삶은 긴 여운으로 남아 경찰관의 삶까지 움직이게 한다. 삶의 무게가 기어코 자국을 남기기 때문이다.

사람은 저마다의 기질이나 성향이 있어 누군가의 말 한마디에 쉽게 삶의 태도를 바꾸지 않는다. 바꾸고 싶어도 바꿀 수 없다. 하지만 평범한 삶에서 경찰관과 만날 기회는 흔치 않고 한 번 만났다고 마음마저 달리 먹기란 쉽지 않다. 그런데도 기적은 늘 있다.

거창하게 누군가를 변화시킬 의도로 오늘을 사는 것은 아니다. 다만 세상은 단 한 번의 조우로 조금씩, 아주 천천히 변하고 있다. 찰나의 스침으로 기적적인 변화를 이끌 수 있는 직업이 경찰관이다.

여경은 경찰 이미지 개선을 위해 필요한 장식품이나 보조품이 아니다. 여경은 피상적인 이미지를 넘어 경찰의 본분에 깊숙이 관여하고, 경찰의 직무를 책임지는 존재다. 대단한 일을 해내고, 위대한 역사를 써야만 경찰의 사명감이 돋보이는 건 아니다. 누군가의 하소연에 귀 기울이고, 마음을 활짝 열어 진심을 교류할 수 있다면 충분하다.

## 글 잘 쓰는 여경

만 2년 2개월의 순찰차 생활, 당시 신임 여경이 이토록 오래 지구대 근무를 한 적은 드물었다. 자원해서 남으면 모를까. 마침 J 지구대가 개소하면서 개소 구성원으로 발령이 났다. 고생하는 자리라 내가 발령이 났겠지만, 야간근무와 작별할 수 있는 만큼 달게 받아들였다. 대청소며, 자료 정리며, 개소식 행사 준비까지 정신없이 시간을 보냈다. 개소식 후, B 선배님으로부터 전화가 걸려 왔다.

"신모야, 안 힘들어? 지방청에 인사 공고문 떴던데 지원해 볼래?"

"네? 지방청이요? 여기 온 지도 얼마 안 됐고 지방청에 갈 실력도 안 되는데요."

"아, 괜찮아. 너 평소 하던 대로 하면 돼. 너 혹시 글 좀 쓰니?"

"글이요? 써 본 적 없는데요."

"우선 내가 너 추천했는데 지원서라도 내볼래?"

갑자기 걸려온 전화에 적잖이 놀랐다. B 선배님은 함께 근무한 적은 있지만, 나와 특히 친분이 있는 것도 아니었다. 신임이라 인맥도 거의 없었다.

B 선배님은 지방청의 한 직원으로부터 부탁을 받았고, 평소 잘 웃던 내가 문득 생각나 이름을 말했다고 했다. 추천만 여러 명 받는 거라 기대도 말고 부담도 갖지 말고 경험하는 셈 치고 내보라고 했다. 뭘 하는 부서인지, 내가 뭘 해야 하는지도 모른 채 지원서를 작성했다. 돌이켜 보니 진짜 시키는 것만 잘하는 신임이었기에 가능했던 것 같다.

지원서와 자기소개서를 작성하자 면접을 보러 오라고 했다. 알고 보니 경북청장 부속실 요원을 뽑는 자리였다. 원래는 부속실장, 운전, 수행만 있는데 청장님께서 특별히 '글 잘 쓰는 여경'을 뽑아 부속실 직속으로 두고 각종 문서 업무를 맡기려고 했다.

글을 써 본 적 없던 나는 꾸밈없이 자기소개서를 썼다. 면접 보러 온 직원들이 열 명도 넘는 걸 보고서야 경쟁이 치열하다는 걸 알았다. 발탁되고 싶다는 욕심은 크게 없었지만, 이 자리까지 왔으니 의욕 없이 대답하면 실례일 것 같아 최선을 다했다. 면접은 청장님이 직접 보셨다. 단체 면접이었는데 개인별 질문까지 있어 면접은 한참 동안 진행되었다. 글 잘 쓰는 여경을 뽑기 위해 몇 번이나 최종 결정이 번복됐다고 한다. 번복의 최종 승자는 나였다.

면접 후기를 들어보니 당시 청장님은 내가 아닌 다른 누군가를 마음에 두셨던 것 같다. 발령 후 청장님과 호흡을 맞추며 몇 달이 흘러간 어느 날, 청장님이 말씀하셨다.

"내가 널 뽑은 건 자기소개서 때문이야. 글은 투박했지만, 진심이 담겨 있었고 가슴을 울리더라고. 잘 뽑았어."

청장님은 문법, 형식에서 나를 해방시켰다. 가슴이 동하면 그걸로 충분한 거라고, 자신의 따뜻한 마음이 글을 통해 직원들에게 전해졌으면 좋겠다고 하셨다. 최대한 청장님의 의중을 글에 담으려고 애썼고, 부족하기 짝이 없던 나는 글 쓰는 여경으로 점점 자리를 잡아 갔다. 야간근무만 한다고 투덜대던 내가, 하루아침에 청장님 부속실에서 글을 쓰고 있다는 사실이 믿기지 않았다.

내 의지로, 자력으로 거기까지 간 게 아니었다. 평소 적당한 거리에서, 적당한 관계를 유지하며 지내오던 여경 선배의 말 한마디가 모든 것의 시작이었다. 나는 그 선배에게 잘 보이겠다고 노력한 적도, 애써 웃은 적도 없다. 선배가 나를 있는 그대로 봐 주고, 있는 그대로 말해 준 점이 참 고마웠다. 의도했든 의도하지 않았든 선배는 내 인생의 전환점을 마련해 준 셈이다. 적응하느라, 거기서 또 살아 내느라 잊어버렸다. 한 번도 고맙다고 인사하진 못했지만, 가슴으로 기억하고 있다.

인생은 민들레 홀씨 같다. 나라는 존재는 바람을 타고 정처 없이 날아가다 어디에 뿌리를 내리고 꽃을 피울지 모른다. 바람이 세는 일을 사람의 의지나 계획으로 어찌할 수 없지만, 홀씨 하나하나에 온전히 아름다운 나를 담아 두어야 한다.

# 여경 기동대
## 이야기

 기동대 발령이 확정되고, 이틀 후 새 부임지로 출근을 해야 했다. 출근하기 전에 단체 카톡방이 개설되었고 강제로 가입되었다. 제대방, 팀장들과 서무들방, 팀방, 한꺼번에 3개의 방에 초대되자 쉴 새 없이 알림 글이 올라왔다. 알림을 꺼놓고 싶었지만 당장 업무와 직결되는 정보들이라 외면할 수도 없었다. 무서운 사실은 '한번 들어온 방은 기동대를 나가기 전까지 탈퇴할 수 없다'라는 것이었다. 꼬박 일 년을 그 방에 갇혀 지냈다. 단체 카톡방은 신속, 정확한 정보 전달을 위해 기동대에서 필요했다. 그 덕에 전에 없던 카톡방 문화를 뼛속까지 받아들여야만 했다. 선택이 아닌 의무로 말이다.

발령 첫날, 신고식을 위해 상급 관서인 기동단에 도착했다. 나와 같은 처지에 놓인 분들과 가벼운 목례를 주고받던 찰나, 신고식은 취소되었으니 바로 업무에 투입하라는 지시가 떨어졌다. 여의도 현장으로 출동했다. 미리 준비한 기동복 덕분에 무리는 없었다. 함께 발령 난 팀장님들과 나는 '이런 대접은 처음'이라며 지금 어디로 향하고 있는지 모르겠다며 혼란스러워했다.

여의도 대로변 갓길에, 무전으로 전해 들은 딱 그 장소에 24기동대 1제대 버스가 있었다. 기동대 버스에 올라타자 수십 명의 제대원들이 일제히 우리를 쳐다봤다. 여경들만 타고 있었는데도 얼굴이 화끈거렸다. 아, 진짜 시작이구나.

내가 2팀장이라고 소개하자, 팀원들은 모두 현장에 배치되었다고 했다. 조금 있으면 교대 시간이니, 버스에서 조금만 기다리면 곧 만날 수 있을 거라고 했다. 하지만 교대 시간이 지나도 오지 않았다. 아무리 첫날이지만 앉아서 팀원들을 맞이할 수 없었다.

안내받아 도착한 현장은 그야말로 아수라장이었다. 경찰과 시위자들이 한데 엉켜 비집고 갈 틈이 없었다. 저 안에 우리 팀원들이 있다는데……. 거기가 불구덩이일지라도 무조건 가야 한다는 신념으로 인파를 헤치고 들어갔다. 드디어 팀원들과 상봉했다. 전쟁 같은 순간에도 우린 서로를 알아봤다. 한 번도 본 적 없는, 하지만 이미 깊은 운명으로 엮인 인연임을 직감했다. 그렇게 기동대에서의 나의 첫 임무는 요란하고 특별하게 시작되었다.

기동대 업무는 인수인계가 없다. 투입과 동시에 몸으로 부딪히며 배워야 한다. 현장에서 질문을 찾고, 답까지 찾아야 한다. 하긴, 현장에서 벌어지는 각양각색의 상황을 어찌 말이나 글로 인계할 수 있을까?

## '조직의 꽃' 아니거든요

24기동대 사무실은 창신동 어느 언덕쯤에 자리 잡고 있었다. 발령 첫날부터 심상치 않았지만, 도착한 사무실의 분위기는 범상치 않았다. 서울 하늘 아래 어디에도 이런 음산한 곳은 없다고 자부할 만큼 싸한 곳, 깎아지른 절벽을 바라볼 때마다 넘을 수 없는 거대한 벽을 보는 것처럼 답답함이 밀려왔다. 내가 놓인 현실과 참 닮았다.

여경으로 살면서 보이지 않는 벽 앞에서 수천 번 무너졌다. 하지만 그 벽이 눈앞에 있으니 만감이 교차했다. 내속에 있던 답답함을 꺼내 쌓아 보면 저만큼 높을까? 여경이면서도 여경이라면 먼저 손사래 치는 사람이 되고 있었다. 같은 동료라기보단 나와 비교되는 경쟁 상대로 여겨졌고, 마음을 나누고 진심 어린 관계를 맺는 건 어렵다고 생각했다. 내가 경험한 지난날이 이런 생각으로 나를 인도했다.

24기동대 발령과 동시에 시기와 질투가 난무한다는 소문이 돌았다. 불규칙한 근무, 원거리 출퇴근 등 물리적 어려움만 생각했는데 여경들 사이에 '암투'까지 있다니. 그만큼 말도 많고 탈도 많다는 뜻인데 걱정이 이만저만이 아니었다.

최악의 시나리오를 염려한 덕분이었을까? 부딪힌 현실은 오히려 인간적이었다. 잘 보이려고 애쓰지 않아도 되는 털털한 문화가 좋았다. 화장기 없는 얼굴로 서로의 땀방울을 목격하고, 이어지는 대화 속에서 우린 즐겁게 소통했다. 소소한 행복 앞에 기뻐하고, 축하하고, 가끔은 함께 눈물 흘리며 똘똘 뭉쳤다. 여자라는 편견과 특권의식을 내려놓자 우린 경쟁 상대가 아니라 진정한 동료로 서로를 받아들였다. 있는 그대로 인정받고, 있는 그대로 인정해도 전혀 어색하지 않았다.

내숭은커녕 조직의 꽃이라는 말도 마다하며 우리는 주어진 일에 충실했다. 여경 기동대는 무전, 짐 나르기, 청소 등 못 하는 게 없었다. 둘이 힘들면 넷이서 맞잡으며 어려운 일을 해결했다. '여경이 한데 모이니 쇠뭉치처럼 단단해지는구나. 소수지만 우린 무엇이든 해낼 수 있구나. 매일 초심이 제 발로 찾아드니, 굳이 애쓰지 않아도 저 밑 언저리부터 하루를 시작하고 행복감에 끝을 맺는구나.'

경찰이라는 존재는 늘 삶의 밑바닥 언저리에 머물지만, 모든 것이 시작되고 마무리되는 현장의 중심에 당당히 서 있다는 사실에 새삼 뿌듯했다.

## 훈련만이 살길이다

경찰은 매년 체력 시험을 본다. 기동대는 현장을 뛰는 만큼 체력은 선택이 아니라 필수이므로 교육 훈련이 떨어지면 체력 훈련에 매진한다. 체포술은 물론, 상황마다 다양한 대처법을 매일 훈련한다.

코앞이 여름인 어느 날, 뜨거운 햇살 아래에서 우린 셔틀런 평가를 보고 있었다. 셔틀런은 왕복 달리기인데, 주어진 시간 안에 완주한 횟수를 측정한다. 처음에는 여유롭게 달리지만, 시간이 갈수록 더 빠르게 달려야 하므로 점차 탈락자가 늘어난다.

평가도 평가지만 셔틀런은 처음인데다 더위까지 이기려면 타협이 필요했다. 하지만 경찰 근성 중에 적당함은 없다. 다들 쉬엄쉬엄한다더니 시작만 하면 열심히 한다. 그러다 한 팀원이 쓰러졌다. 119구급차를 불러 인근 응급실로 후송했다. 다행히 몇 시간 후 회복했지만, 남의 일 같지 않았다.

기동대의 주 업무가 버티기라지만, 버티는 능력이 하루아침에 생기는 것은 아니다. 실전처럼 꾸준한 연습과 훈련이 뒷받침되어야 하고, 긴 대기와 장시간 대치에도 흔들리지 않고 버틸 수 있는 정신력도 길러야 한다.

실전이면 실전, 훈련이면 훈련, 고된 일상이 이어졌다. 매년 기동대는 검열을 받는데, 모의 집회 상황을 연출하고 어떻게 대처할지 평가받는다. 여경 기동대는 매년 1개 제대씩 돌아가며 검열에 참여하는데, 우리 제대 차례가 왔다. 수백 명이 일사불란하게 대형을 짜고 시나리오대로 착착 움직이려면 연습만이 살길이다.

갑옷처럼 무거운 검열 복장에 헬멧까지 착용하면 의지대로 몸을 가누기 힘들다. 그런 상태에서 뛰고, 대열을 맞추고, 또다시 뛰고를 반복하려니 허리가 끊어질 듯 아팠다. 검열 날이 오기 전에 이미 체력이 고갈돼 아무것도 할 수 없을 것 같았다. 그런데도 우린 기어코 해냈다. 나의 의지나 체력이 소진되면, 동료들은 기운을 모아 나눠 주기도 했다. 우리는 함께였기에 쓰러지지 않았다.

## 빌딩숲 속 기동대 버스

말로만 듣던 광화문, 향긋한 오월의 꽃향기는 오간 데 없고 매연이 코를 찔렀다. 창문을 열 수도, 그렇다고 닫고만 있을 수도 없어 진퇴양난이었다. 처음에는 목이 칼칼해 일 년을 버틸 수 있을까 싶었는데, 매연도 자연의 일부라는 사실을 깨닫기까지 오래 걸리지 않았다.

그늘 한 점 없는 광화문에 서서 태양을 마주하는 일은 결코 만만한 일이 아니다. 광화문 근무는 붙박이처럼 서 있으되, 사주 경계에 철저해야 한다. 하지만 경찰이 감시의 대상이 되기도 한다. 특히, 근무지가 도심 한가운데다 보니 지나가는 시민들의 관심과 이목이 쏠린다. 잠시라도 자세가 흐트러지면 지적되고, 민원이 올라오는데 경찰을 '어항 속 금붕어'라고 하는 말이 실감 났다. 하지만 지적보다 무서운건 태양이었다. 가느다란 가로등 그늘 밑에 얼굴을 반쪽이라도 묻으려고 애썼다.

한번은 등산복 차림의 아주머니 몇 분이 나를 향해 걸어오시기에 길을 물어보나 싶었다. 한데 얼굴 위로 양산을 드리워 주는 게 아닌가. "이렇게 따가운 땡볕에서 근무하면 고운 얼굴 다 익겠네. 참 고생 많아요."

그분이 드리워 준 마음은 오후 내내 나를 시원하게 했지만, 시민들의 친절 앞에서도 과격한 반응은 금물이다. 절제된 눈인사로 깊은 감사를 대신했지만, 다시 한 번 감사드린다. 마음을 내어 주신 분은 기억 못 해도, 받은 사람은 영원히 기억하는 법이다.

제복을 입고 근무하면서 국민이 건네주는 소소한 웃음과 친절 앞에 나는 얼마나 많은 감동과 힘을 얻었던가. 그 웃음들을 잊지 않고, 고스란히 국민에게 돌려줄 생각이다. 대가 없이 찾아오는 환한 웃음 앞에 경의를 표한다.

어느 날 광화문에 서서 제대장은 말했다. "저렇게 크고 높은 빌딩이 수두룩한데 왜 하필 우리 사무실은 저기에요?" 기동대 버스였다. 멀미가 심한 나는 이동식 사무실에 적응하느라 꽤 힘들었다. 급히 이동해야 할 때면, 브레이크의 진동을 고스란히 느꼈다. 게다가 정차해 있을 때도 항상 시동을 켰다. 충전기라도 한 번 쓰려면 버스 시동이 켜져 있어야 하고, 더울 땐 에어컨을, 추울 땐 히터를 틀어야 버틸 수 있었다.

이동식 사무실은 늘 조용히, 소리 없이 떨고 있었다. 진동은 여경들의 생리불순을 유발하고, 허리 통증을 악화시키지만 모두 삼키듯 감내한다. 묵묵히 버티는 것이 기동대 업무 중 8할을 차지한다. 진동도, 멀미도, 태양도 다 좋다. 심지어 현장 상황에 따라 커튼 하나만 치면 탈의실로 탈바꿈하는 버스가 그리 나쁘지만은 않다. 긴장감이 모든 것을 덮어버리니까.

하지만 '이동식 식당'만큼은 거부하고 싶었다. 발령 후 얼마 지나지 않아 큰 상황이 있었고 우리는 이곳저곳 움직이며 대비하는 임무를 맡았다. 정처 없이 헤매는데 끝이 없었다. 시켰던 도시락을 먹을 시간이 없어 움직이는 차 안에서 먹어야 하는 일이 잦았다. 언제 먹을지 모르니까 살아야 한다는 일념으로 도시락을 열었다.

매콤한 오삼불고기 덮밥은 군침이 돌 정도로 맛깔스러웠는데, 몇 술 뜨자 자동차가 움직이는 통에 속이 불편해 결국 뚜껑을 덮어 버렸다. 당시 팀장이라는 직책도 잊고, 이것만은 못 참겠다며 투덜거렸다. 평소 같으면 밥 한 끼쯤이야 하며 그냥 넘길 수 있지만, 생존 현장에서 한 끼를 양보한다는 건 쉽지 않았다. 한 끼로 연명할 수 있는 타이머가 겨우 몇 시간밖에 되지 않음을 온몸으로 느끼기 때문이다.

## 제복 차별

상황 대비 차 여의도로 출동했다. 그날도 어김없이 대기 시간은 길었고 교대로 점심을 먹으러 나갔다. 버스 안에서 먹는 도시락은 밥이 아니라 고문일 때가 많아, 여건이 허락되면 밥을 사 먹었다. 하지만 제복을 입고 맞이하는 식사는 늘 부담이었다. 시간에 쫓기거나, 시민들의 부담스러운 시선에 주눅이 든다. 그래도 유일한 낙을 포기할 순 없었다.

식사 후 양치질을 하려고 화장실에 들어갔다. 현장이 곧 사무실이다 보니, 식사 시간을 이용해 양치까지 마무리 지어야 한다. 여느 때와 다름없이 팀원들과 양치를 하고 있었다.

"여기서 왜 물을 써요? 당장 나가요!"

"네? 화장실도 못 쓰나요? 저희 이 건물 안에서 밥도 먹었어요."

화장실을 이용하느라 주변 건물에 민폐를 끼칠 때가 많다. 자주 거부당하기도 하고, 눈치 보며 끝까지 이용하기도 하는데 오늘은 사정이 달랐다. 분명 밥값을 지불했고, 밥값에 화장실 사용료까지 포함됐을 터였다.

제복을 빌미로 특혜를 달라고 한 것도 아닌데, 정당한 권리만큼은 빼앗길 수 없었다. 그냥 쫓겨나긴 억울해서 건물 관리인이 있으면 좀 만나고 싶다고 한마디 던졌다. 그렇다고 따지러 갈 시간도, 여건도 허락되지 않았지만, 팀원들의 만류로 애써 참는 척 밖으로 나왔다.

물론 상인들의 입장을 충분히 이해한다. 경찰관만 봐도 지긋지긋할 수가 있다. 하지만 우리는 나 하나 행복하자고 사무실도 없이 현장을 누비는 게 아니다. 우리가 하는 일은 우리를 밀어냈던 그분을 위한 일이기도 하다.

조직 안에서 겪는 설움이야 집안일이라 여기고 품고 갈 수 있지만, 국민 앞에서 공개적으로 받은 상처는 자존감과도 직결된다. 경찰의 위상은커녕 제대로 된 업무 처리도 힘들다. 제복은 경찰관들의 작업복일 뿐인데, 작업복만 보고 먼저 내치지 않았으면 좋겠다.

## 버티기 힘든 집회 현장

평온하던 미소는 하얀 마스크 속에 갇히고, 떨군 고개 위로 시선이 내려앉았다. 또 대치다. 갈등의 이편과 저편 가운데 경찰은 우뚝 서 있다. 경찰이라는 이유로 무작위로 공격받을 때가 대부분이지만 말이다.

기동 경찰은 소수자의 목소리를 대변하는 사람들과 대면하기 일쑤다. 여자 시위자들이 늘어나면서 폴리스라인과 함께 여경이 선두에 서는 경우도 잦은데, 현장의 생생한 절규, 아픔을 가장 가까이에서 마주한다. 가까운 거리만큼, 그 분들이 던지는 한 마디는 가슴에 들어와 박힌다.

"너도 유산해라!" "네 가족은 무사할 줄 아냐!" 귀에 담을 수 없는 말들이 쏟아졌다. 내 앞 동료에게, 내 옆 팀원들에게, 나에게 쏟아지는 말에 정신이 아찔했다. 말은 형체가 없어 한 번 듣고 흘리면 그만이라며, 경찰관인 나 개인에게 하는 소리는 아닐 거라고 애써 위로해 본다.

쉴 새 없이 날아드는 욕설과 악담은 물거품을 남기고 사라지는 파도처럼 가슴에 기어코 무엇을 남겼다. 감정이 실린 말도 그러하지만, 세종시로 지원 근무 갔을 때는 진흙을 빙자한 오물을 맞기도 했다. 경찰이지만 자신을 내걸고 호소하는 분들의 목소리가 아무렇지 않을 리 없다. 섣부른 위로나 동조 대신 흔들리지 않는 침묵으로 일관한다. 하지만 제복을 입었다는 이유로 지울 수 없는 모욕이나 상처까지도 당연히 받아야 할까?

그해 시위는 점점 과격해졌다. 여경 기동대는 3개 제대가 있는데, 큰 집회가 있으면 전원 출동 명령이 떨어진다. 집회 대비는 오후 2시부터 시작되었다. 기동대 버스에서 내릴 때만 해도 그때부터 12시간 동안 현장에서 있게 될 줄은 몰랐다. 사방이 차로 막히고 이동이 제한되다 보니 기동대 버스에 타고 싶어도 갈 수 없는 상황이었다. 밥은커녕 물 한 모금도 마시지 못하고 긴 시간을 버티고 또 버텼다.

저녁이 밤이 되던 그때, 집회는 최절정에 달했다. 무전으로 전해져 오는 상황은 더욱 심각했다. 차 벽으로 처졌던 기동대 버스들이 하나둘 공격을 당했다는 소식이었다. 창문 파손, 타이어 탈취는 물론 주유구 속으로 화기를 넣으려고 시도했다. 여경 기동대 버스도 피해를 봤는데 우리 제대 버스였다. 버스는 우리와 동고동락하는 벗 같아서 유리창이 깨졌다는 소식에 마음이 찢어지듯 아팠다.

머리 위로 보도블록이 날아들었다. 물통이나 소지품들은 수시로 맞아봤지만 보도블록까지……. 경찰 검문에 걸려 시위용품들을 빼앗기자 급기야 인도에 있던 보도블록을 떼어냈다. 하기사 도로에 박혀 있던 휴지통까지도 뽑았으니 현장은 아수라장이었다. 넋 놓고 바라보다가는 어디서 무엇이 날아들지 몰랐다. 전방에 서서 방어를 하던 남자 동료들은 시위대 속으로 잡혀 들어가 무참히 폭행을 당하기도 했다. 눈앞에서 자행되는 폭력을 보면서도 믿을 수 없었다.

그들의 목적은 경찰이 아닌데, 현장에서는 경찰이 가장 큰 적인 양 공격할 수밖에 없다. 시작이 있으면 끝이 있기 마련이라 전쟁 같던 상황도 기어코 끝은 나지만 목격했던 상황들은 트라우마가 된다. 경찰의 일 중에 뭐 하나 쉬운 게 없지만, 상처가 상처를 양산하는 이런 현장은 버티기 힘들다.

## "저것들 뭐야? 저리 치워"

서울지방경찰청 정문. 여자 시위자들이 기습 점거하면서 광화문에서 기본 근무 중이던 여경 기동대가 급히 출동했다. 경찰의 조치나 태도에 불만을 품고 항의 방문을 온 터였다. 마스크를 쓴 시위자들은 털끝 하나도 건드리지 말라며 서로 팔짱을 엮은 채 시위를 이어 갔다.

전후 내막은 깊게 모르지만 '무리하게 대응하지 말라'는 분위기로 흘러갔고, 경찰청 앞인 만큼 최소한의 인원으로 대비하자는 말이 오갔다. 여자 시위자들이라 여경이 전면 배치되었고, 틈만 나면 내부로 진입하려는 시도 때문에 긴장을 놓을 수 없었다. 게다가 몸싸움과 같은 돌발 상황을 고려해 시위자들보다 배치한 여경 수가 조금 더 많았다. 그 찰나, 누군가가 지나갔다. 긴장을 놓을 수 없는 상황에서도 높은 분이라는 직감이 들었다. 높은 분은 우리를 보자마자 말했다.

"저것들 뭐야? 저리 치워!"

순간 너무 당황스러웠다. 시위대를 보고 하는 말은 분명 아닌 것 같았다. 시위대는 고작 대여섯 명에 불과한데,

여경은 두 배가 넘으니 몹시 거슬린다는 것 같았다.

귀를 의심했다. 저리 치우라고? 고작 2개 팀, 15명이 전부였다. 교대로 대비하려면 최소한 2개 팀은 있어야 한다. 경력이 과도하게 배치되었으면 경력을 빼거나 조절하라고 하면 그만이었다. 물건도 아니고 치우라니. 세상이 어둡던 70년대야 SSKK(시키면 시키는 대로, 까라면 깐다) 문화를 감내할 수 있겠지만, 오늘날은 사정이 다르다. 이런 소리 들으며 여기서 뭐 하나 하는 회의감이 밀려왔다.

한 사람의 말 한마디로 조직 문화를 평가할 순 없다. 하지만 여전히 상하 소통은 물론 좌우 소통도 어려운 현실이다. 갑질 사건, 혹은 을질 문화 때문에 말도 많고 탈도 많지만, 갑을 논리만으로는 설명할 수 없는 그 무엇은 여전히 존재한다.


## 벼랑 끝에서도 꽃은 핀다

인생의 절정을 말할 때 24기동대는 결코 빼놓을 수 없다. 기동대로 발령이 나면서 생이 꺾인 사람처럼 깊게 절망했다. 어느 조건 하나도 나를 위한 건 없었기 때문이다. 가장 큰 문제는 건강이었다. 고질병으로 앓고 있던 디스크가 심상치 않았다. 그동안 한방, 양방 구분하지 않고 부지런히 치료했지만 차도가 없었다. 그러던 차 기동대 발령이 난 터라 근무 형태며 패턴이며 내게는 최악의 환경이었다. 미 대사관처럼 40분 교대 근무는 그나마 괜찮지만, 상황 대비는 몇 시간이고 붙박이처럼 서 있어야 해 허리가 끊어지는 고통을 겪었다. 통증은 점점 심해져 몸이 한쪽으로 기울었고, 보는 이마다 걱정을 쏟아 냈다.

의사 선생님은 디스크가 터지기 직전이라며 수술 아니면 입원 치료를 받아야 한다고 했다. 젊어서 수술은 마지막 순간까지 미루는 게 좋다기에 3주간의 입원 치료를 결정했다. 소임을 뒤로하고 입원한다는 건 쉽지 않았다. 하지만 살기 위해서라면 멈춰야 했다. 모든 걸 내려놓고 비워야 살 수 있었던 스무 살의 고통이 살아나는 듯했다.

당시 멈출 수밖에 없었던 이유는 하나 더 있었다. 2주째 하혈을 해서 병원을 찾았더니 난소에 물혹이 있다고 했다. 불규칙한 근무에 장시간의 버스 생활, 몸이 냉하다 못해 물혹으로 번졌다고 했다. 물혹도 허리 통증을 악화시키는 데 한몫했다. 한동안 지켜본 후, 자연적으로 사라지지 않으면 제거 수술이 필요했다. 삶의 주요한 대목에서 왜 고통은 몰아서 오는 걸까.

게다가 메르스 확산으로 면회가 금지되면서 3주 동안 아이들을 두세 번 볼 수 있었다. 아파서 울고, 보고 싶어서 울고, 서글퍼서 울었던 시간이다. 퇴원 직전까지도 진통제가 아니면 잠들 수가 없었는데, 퇴원 후 차츰차츰 차도가 있었다.

다시 일어나기까지 큰 고통과 오랜 시간이 걸렸다. 디스크는 고질병이라 평생 어르고 달래서 사이좋게 함께 가야 하지만 내려놓고 싶을 때가 많다. 행복해서 울고, 힘들어도 웃었던 24기동대 생활의 끝자락에서 나는 경감 시험에 합격했다. 얻은 것은 승진뿐만이 아니다. 건강도 회복했고, 그 어디에서도 만날 수 없는 소중한 인연을 맺었으며, 끝까지 24기동대를 이수했다는 강한 자부심도 얻었다. 포기해도 이상하지 않을 상황에서도 동료들의 힘으로 버텼다.

창신동에 있는 24기동대는 높은 바위 절벽으로 둘러

쌓여 있다. 봄이 되면 절벽의 끝에서 노란 개나리꽃이 핀다. 귀곡 산장처럼 음산한 기운을 잊을 수가 없는데, 그 꽃 덕분에 수없이 외쳤다.

벼랑 끝에서도 꽃은 핀다.
물러날 수 없는 지금이야말로 내가 빛을 발할 때다.

주문은 이루어졌고, 나는 시련을 마다할 이유가 없었다. 그 덕분에 꽃은 피는 거니까. 내가 원하던 꽃이 아니라고 섣불리 포기하거나 좌절하지 말자. 가슴만이 아는 정답은 우리 안에 존재하니까, 끝날 때까지 끝난 게 아니다.

물러설 수 없는 고비에 서야만 삶이 알려 주는 것이 있다. 벼랑 끝으로 내몰아서 나의 한계와 능력을 시험당한 후 받는 보상이다. 그렇게 한고비씩 넘다 보면 언젠가 평지는 오고, 땀을 식혀 줄 산들바람은 불어온다.

## 워킹맘의 비애

여경들이 기동대를 피한 이유는 딱 한 가지다. 여경이어서가 아니라 엄마이기 때문이다. 사실 엄마가 아니라면 기동대 근무도 나쁘지 않다. 여경은 소수라 기동대 근무가 의무다. 최근 입직한 순경들은 기동대 의무 복무를 조건으로 채용된다.

승진을 하면 계급마다 이수 여부를 확인하므로 돌아서면 기동대 걱정이다. 특히 경위급 여경은 자원자가 일부에 그쳐 강제 발령이 비일비재다. 대부분 기혼인데다 육아 문제가 해결되지 않아 난감하다. 나와 함께 기동대 발령이 난 동갑내기 팀장은 한두 달을 버티다 육아휴직을 했다. 남편이 아무리 도와준다고 하더라도 육아를 전담하기에는 역부족이었고, 불규칙한 생활을 더 감당하지 못해 내린 결정이었다.

남자들은 일선에서 지치거나 승진의 목표가 있어 의도적으로 기동대를 지원한다. 권역마다 기동단이 있어 집 근처로 근무지를 선택할 자유도 있다. 하지만 여경 기동대는 종로구에 단 하나만 있어 선택의 여지가 없다. 일단 출퇴근부터 자유롭지 않고 불규칙한 근무로 주말도 아이들과 함께할 수 없다. 주 5일 근무지만 휴무는 평일 또는 주말 하루만 허락하는 경우가 많기 때문이다. 휴무도 상황에 따라 취소될 수 있는데 거의 예측 불가하다. 관외 여행을 가려면 휴무지만 연가를 낸 후 다녀오는 게 안전하다. 휴무일지라도 출동 명령이 떨어질지 모른다.

새벽 출동, 야간 대기 등 예측 불허의 업무는 본인뿐만 아니라 가족의 생활을 뒤흔든다. 아이들에게 엄마가 없는 밤과 주말은 아빠의 부재와 달리 엄청난 공백이다. 어둠이 찾아오면 어김없이 엄마 품을 찾는 게 아이들의 본능이다.

그나마 부모님께 도움을 요청할 수 있으면 다행이다. 그마저 여의치 않은 대부분의 워킹맘은 기댈 곳이라곤 남편밖에 없는데 남편에게 그 많은 짐을 지우는 것도 하루 이틀이다. 남편이 직장생활을 하며 육아와 함께 엄마의 빈자리까지 채운다는 건 버거운 일이다. 내가 버틸 수 있었던 것은 시어머니께서 아이들 양육을 돕고자 지방에서 올라와 주신 덕분이다.

## 예비군 총기 사고

매년 상·하반기 정례 사격을 시행한다. 사격 성적은 객관 점수에 반영되는데 300점 만점에 270점 이상이면 1등급으로 만점이다. 평균 90점 이상을 맞아야 만점인데 그 기준도 낮지 않을뿐더러, 정해진 시간 내에 빠르게 쏴야 하는 속사는 긴장감을 더욱 고조시킨다. 시간 내에 격발하지 못하면 남은 탄환은 반납해야 하는 부담 탓이다.

여경 기동대는 자체 사격장이 없어 내곡동 예비군 훈련장을 빌렸다. 야외 사격장이라 날씨의 영향을 받지만, 오월의 화창한 날씨는 긴장감을 덜어 주었다. 그날의 일정은 교육 훈련이었고 대원 모두가 사격장으로 함께 이동했다. 현장 출동과 달리 봄 소풍 가는 소녀들처럼 와자지껄 수다를 떨었다. 긴장감을 잊는 데는 역시 수다가 최고다.

사격장 바로 밑 주차장에 도착했다. 다른 기동대나 제 대원들보다 일찍 도착한 모양이었다. 기동단에서 나온 행정팀이 우리를 기다렸다. 도착한 순서대로 사격하기에 발 빠른 몇 명이 내리자마자 접수대로 달려갔다. 버스에서 한 발을 내딛으려던 순간 '내리지 마세요'라는 소리가 울려 퍼졌고, 상황 파악이 안 된 우리는 웅성웅성 헤맸다.

"일단 무조건 버스에 타세요."

그 말은 메아리처럼 반복해서 돌아왔다. 일단 모두 버스에 탑승했다. 분위기가 심상치 않았다. 사격장으로 올라가는 계단 밑에는 119 구급 차량 두 대가 도착해 있었다. 행정팀도 표적지랑 총알을 수거하느라 분주했다.

버스는 황급히 주차장을 빠져나왔다. 군부대 입구를 통과할 즈음, 군용 차량과 방송국 차량이 바쁘게 지나갔다. 우리는 현장을 목격한 바도 없거니와 총기 사고가 발생했다는 말 외에는 전해 들은 바가 없어 투덜대기 시작했다. 근무 때 사격을 못 하면 휴무 날 별도로 시간을 빼야 하고, 그러면 하루를 다 써야 했다. 게다가 내곡동까지 각자 이동해야 하는데 차가 없으면 불편함이 이만저만이 아니었다.

몇 분 후, 정보통인 누군가가 기사를 보라고 외쳤다. '예비군 총기 사고⋯⋯ 사망자 2명, 중경상 3명' 기사의 제목만 봐도 참담했다. 조금 전까지 투덜대던 우리는 오간 데 없었다. 불과 몇 미터 지적에서 일어난 끔찍한 재앙,

그 앞에서 다행이라는 말조차 실례였다.

　때마침 엄마가 전화를 하셨다. 아침에 통화하며 사격
일정을 얘기했는데 뉴스 속보를 보고 놀라 전화를 한 것
이다. 일단 현장에서 벗어났고, 나는 무사하다고 알렸다.

# 맞벌이
# 경찰 부부

허리 디스크로 우울감이 컸던 대학교 1학년, 그는 내 옆에 있었다. 통증으로 기숙사에서 쉬고 있는데, 그의 문자가 도착했다.

"지하 계단에서 봤으면 하는데…… 조용히 혼자만 내려와 줘."

문자를 받고 내려갔는데 그가 도착해 있었다. 계단에 쪼그리고 앉아 자못 심각한 표정으로 나를 맞이했다. 그러면서 옆구리에 끼고 있던 카키색 가방을 뒤적이며 매실 음료수를 꺼냈다. 시중에 파는 10개들이 선물세트였다.

그는 확신에 찬 표정으로 설명했다. 의대에 다니는 친

구에게 물어봤는데 허리 통증에는 매실이 좋다고, 그 이야기를 듣자마자 저 멀리 마트까지 뛰어가 사 오는 길이라고 했다. 약은 나눠 먹으면 약효가 떨어진다나? 병에 들어 있어서 달그락 소리가 날지 모르니, 옷장에 두고 하나씩 몰래 먹으라고 했다.

허리 통증도 잠시 잊고 얼마나 웃었는지 모른다. 매실이 아무리 좋다고 해도, 선물용 음료수 세트를 사 오는 이 순수함이라니. 효능 여부를 떠나 '사랑의 묘약'은 나에게 큰 힘이 되었다. 신신당부한 대로 혼자서 먹지 못했지만, 그가 믿는 효능만큼 효과를 본 것 같았다.

그 후 H 대학교 경찰행정학과 동기인 우리는 캠퍼스 연인으로 발전했다. 하지만 사귄 지 얼마 지나지 않아 그는 군에 입대했다. 짝 잃은 고무신 신세가 되었지만, 당시 나는 사랑 타령이나 하며 외로움을 운운할 여유가 없었다.

경찰행정학과에 진학한 이상, 최종 목표는 '진짜' 경찰이 되는 것이었다. 그리움이 동하는 날이면 손편지를 써서 우편에 실어 보내고, 그 외에는 학교생활과 수험 공부에 매진했다. 덕분에 나는 그가 군 생활하는 도중에 경찰

시험에 합격했다.

## 성장의 동력

동갑내기인 내가 경찰이 되면서 그는 위기의식을 온몸으로 느꼈다. 자랑스러움과 기쁨도 잠시, 어영부영하다가는 사랑하는 사람을 놓칠 수도 있겠다는 위기감 말이다. 당시 남자친구가 있어도 '선 보라는 유혹'은 꽤 있었다.

게다가 군에 몸이 메어 있는 터라 아무것도 할 수 없었던 그는 제대와 동시에 경찰시험을 준비했다. 나처럼 아등바등 살아온 인생이 아니라서 절박감이 없을 줄 알았는데, 자신의 꿈보다 늘 사랑이 먼저인 그는 거뜬히 시험에 합격했다. 어떤 연유에서든 경찰시험에 빨리 합격해주니 고마울 따름이었다. 그렇게 우린 경찰의 길을 함께 걷는 연인 사이가 되었다.

먼저 경찰이 된 덕분에, 나는 늘 한 걸음 앞서 걸었다. 동갑이지만 경찰은 내가 2년 선배여서, 조언을 받기보다 조언하는 쪽이었다. 계급도 앞서 달고, 경험도 앞서 치르다 보니 저절로 이런 구도가 형성되었다.

"집에 들어갈 때 부인에게 거수경례해야 하는 거 아니야?" "지금 여기서 뭐 하고 있어요? 부인 밀어주지 않고." 그는 나를 사랑하고, 함께 산다는 죄로 이런 말을 수시로 듣는다. 자신이 감수할 부분이라며 아무렇지 않게 받아넘기지만, 미안함은 내 몫이다. 겨우 한 계급 차이인데, 노안 덕분에 아내보다 뒤처졌다는 꼬리표를 달고 살아야 하는 숙명이다.

나 역시 한때 그보다 앞서간다는 생각을 했다. '내가 닦아놓은 길을 편하게 따라오면서 남자가 힘들다고 하면 안 되지'라는 오만한 생각을 하기도 했다. '내가 가장 힘들다'는 주관적인 틀에 갇혀, 그가 겪었을 또 다른 고통이나 애환은 모른 척했다.

하지만 연애부터 결혼까지 17년, 오랜 시간은 나를 조금씩 성장시켰다. 계급 차이가 그가 품고 있는 그릇의 크기까지 넘을 수 있을까? 그는 늘 한 걸음 뒤에서 나에게 많은 것을 알려 주었다. 뒤에서 무엇을 알려 준다는 게 얼마나 큰 의미인지, 나는 조금씩 깨닫는 중이다. 그는 어떤 처지에 있더라도, 기어코 나를 성장시키는 데 온 사랑을

쏟았다. 등 돌려 바라보면, 그는 '앞'이 되고 나는 '뒤'가
된다. 이 단순한 진리는 참 위대하다.

## 나의 사랑, 나의 참모

남편은 경위 진급 후 강남에서 가장 바쁜 역삼 지구대를
자발적으로 선택했다. 더 늦기 전에, 신임 시절 현장에서
받았던 트라우마를 극복하고 싶다고 했다. 그때는 몰라서
당했지만, 이제는 더 잘 해낼 수 있을 것 같다며 말이다.
거의 10년 만에 현장으로 돌아간 터라 나로서는 자나 깨
나 걱정이었다. 물가에 내놓은 아이처럼, 남편이 야간근
무만 들어가면 특히 불안했다.

"당신 걱정이 반찬이라면, 상다리가 부러질 것 같아."

우리는 현장에서 느끼는 사소한 보람부터, 위험했던
상황까지 늘 함께 나누고 교감한다. 부부 경찰인 덕분에
경찰의 애환이나 기쁨도 곱절이지만, 남편의 경험은 간접
경험을 넘어 기어코 직접 경험의 영역으로 확장된다. 주
인공만 바뀔 뿐 배경이나 상황은 거짓말처럼 유사하다.

부부 경찰, 같은 직장에 다니면 사생활도 없고 여러

제약이 많아서 좋지 않다는 사람이 있다. '한 사람이 잘못하면 둘 다 욕먹는다'라는 불문법 덕분에, 더 조심하고 잘해야 한다. 나부터 '부부가 같은 경찰서에 근무하면 안 된다'는 내부 지침까지 정해 놓았지만, 요즘은 육아 앞에서 이런 눈치 보는 것도 사치라는 분위기다.

이런저런 우려도 있지만, 부부 경찰이기에 도움을 받을 때가 더 많다. 내가 거친 부서와 남편이 거친 부서까지 합치면 경험은 두 배가 된다. 남편의 경험은 거의 내 것이나 진배없어 꺼내 쓰고 활용하기도 참 좋다.

정보과에서 근무할 때는 남편의 도움을 받았다. 그는 거의 나의 첩보원 역할을 했다. 내부 시책 보고서를 쓸 때 타 부서의 생생한 문제점을 발굴하기 어려운데 남편은 객관적인 시각으로 다양한 자료를 제공했다. 당시 서무 반장님은 우스갯소리로 내 수당을 남편 통장으로 입금해야 한다고 하셨다.

특히 남편은 지구대에서, 나는 112 종합상황실에서 근무할 때는 업무 연계성이 커 현장에서 발로 뛰는 느낌이었다. 인접 관할이라 상황이 겹칠 때가 종종 있는데 실시간 현장 상황을 보고하는 등 필요한 정보를 즉각 제공했다. 협업, 공조가 필수인 시대에 나는 든든한 파트너와 평생 동행할 수 있으니 더없이 좋은 조건이었다.

남편의 지지와 응원은 이루 말할 수 없는 힘이 된다. 육아와 승진 사이에서 고민할 때도 내 입장에 서서 내가 가고자 하는 방향으로 마음을 보탰다. 부족한 엄마라는 죄책감에 흔들리지 않도록 묵묵히 힘을 실어 주었다.

우리는 각자의 꿈은 물론 함께 이루고 싶은 꿈에 대해 많은 이야기를 나눈다. 경찰의 비전이나 발전 방향을 토론할 때는 집안에 치안연구소를 차릴 정도다. 비록 현실에 발 담그며 아등바등 살아가지만, 꿈과 희망이 있어 쉽게 지치지 않는다.

중간관리자가 되고 난 후, 흔들리는 일이 잦다. 한 번은 제대로 무너져 혼란스러워 하는 내게 그는 말했다. 가지 않은 길이 정답인 것 같아도, 막상 정답 같은 길을 가더라도 어떤 형태로든 후회는 남기 마련이라고. 그러니 굳이 가지 않은 그 길에 목매달고서 울고불고할 필요 없다고.

## 꿈을 희생하지 말기로 해

"혹시 유치원 선생님이세요?"

작은 포장마차 앞에서 아이들과 호떡이 익기를 기다리는데 누군가가 말을 걸었다. M 고등학교의 학생부장이라고 자신을 소개했는데, 나의 직업이 궁금한 모양이었다. 초면인데도 명함까지 건네시기에 공무원이라고 대답했다. 요즘은 세상이 좋아서 아이들 키우기도 훨씬 낫다고 하셨다. 그러면서 아내도 중앙부처 공무원인데 여자들은 승진을 포. 기. 해. 야. 아이들 교육이 가능하다고 덧붙였다.

포기.

부인하고 싶었지만, 현실 속 나는 이미 고개를 끄덕이고 있었다. 사실 부부 경찰, 맞벌이로 살아간다는 것은 참 고단하다. 부부 경찰은 한 사람이 일정 계급 이상 올라가면 '나머지 한 사람'은 휴직이나 명예퇴직을 종용당한다. 통상 '나머지 한 사람'은 여경이 되는데, 남편의 앞날에 조금이라도 누가 되어선 안 된다는 취지다.

출신, 계급, 성별, 승산 가능성 등의 셈법은 잔인하게도 한 사람의 희생이나 양보가 당연하다고 말한다. 하지만 부부 경찰은 한집에서 살아갈 뿐, 두 명의 독립된 인격체다. 같은 직장에서 근무한다는 이유로 반드시 한 사람의 꿈을 포기해야 한다는 생각은 버려야 한다. 가능성을 담보로 누군가의 인생이 더 소중하다고 단정할 수 있을까?

꿈은 한 사람이 일방적으로 누리는 특권이 아니다. 나의 꿈이 소중하듯 사랑하는 사람의 꿈을 안전하게 지켜줄 의무와 책임도 있다. 서로의 기회와 꿈을 지켜 주는 것이 부부 경찰이다.

# 나를 강하게
## 만드는 것들

 "나는 결정장애가 있어. 네가 결정해."

밥 한 끼를 먹는데 장애가 개입한다. 점심 메뉴 하나쯤이야 하지만, 막상 고르라고 하면 주저하기 일쑤다. 선택이 두려운 게 아니라, 실망스러운 결과가 두려운 까닭일 것이다. 나 역시 마찬가지다. 처음에는 개인 취향에 따라 어떤 선택을 하지만, 가족이나 동료들이 부정적으로 평가하면 금세 의기소침해진다. 결국 선택의 부작용은 선택권의 포기와 방관적 자세로 이어진다.

여경 기동대에서 근무하던 시절, 삼시 세끼를 대부분 사 먹어야 했고 메뉴 고르는 일이 중요했다. 광화문 근처,

국회 근처, 창신 기동대 근처 등 근무지가 곧 현장인 우리에게는 메뉴 선택지가 방대했다.

메뉴 선택은 매번 설레지만 고되기도 하다. 처음에는 맛집을 검색하고 블로그 후기를 통해 자세히 살펴본 다음 도전장을 내밀었다. 한 번은 성공, 한 번은 실패, 한 번은 본전 유사한 패턴이 반복됐다. 맛집 선택이 연이어 실패한 날, 추천자들이 의기소침해 말을 아꼈다. 더 개입하지도, 상처받지도 않겠다는 의지였다. 한 끼의 밥으로 단합하고, 힐링했는데 이젠 부담으로 작용하니 대책이 필요할 수밖에 없었다.

우리는 실패에 대한 면죄부를 주기로 했다. 식당을 고를 때 '도전'이라고 외치고 시도하면 비난하지 않기로 한 것이다. 그다음부터는 '도전'이라는 구령이 수시로 터져 나왔다. 맛의 실패 따위는 안중에도 없고, 새로운 것을 시도하는 일에 우리의 관심사는 옮겨 갔다. 사소하지만 이런 선택의 훈련은 더 나은 결과를 낳았고, 설령 결과가 나쁘더라도 도전 과정에서 이미 충분히 흡족했기에 어떤 미련도 남지 않았다.

결정장애라는 신조어 뒤에 숨어 선택을 두려워하지 않았으면 한다. 소소하고 자잘한 선택일수록 스스로 결정하려는 노력, 그 연습들이 쌓여 삶의 중요한 순간 조금 더 현명한 선택을 하지 않을까.

## 모든 선택은 숙명이다

홀가분한 몸이라면 선택도 자유롭다. 더욱이 잘못 선택하더라도 방향을 틀기도 수월하다. 하지만 가족이 생기면 사소한 선택도 억겁의 무게를 동반한다. 의도하든, 의도하지 않든, 고스란히 내 책임이라는 죄책감과 함께 말이다.

결혼한 여자들은 누구나 한 번쯤 고민할 것이다. 승진을 위해 임신을 미룰 것인지, 임신을 위해 승진을 미룰 것인지. 비단 승진뿐만이 아니다. 누군가에게는 인사이동이될 수도 있고, 몰입하고 싶은 일 자체가 될 수도 있다.

신혼 초의 일이다. 당시 주말 부부로 살던 나는 승진과 임신 사이에서 고민했다. 상황이 상황인지라 떨어져 있기에, 함께 할 수 없는 시간을 승진 공부를 하며 달랬다. 남편은 한주도 거르지 않고 먼 길을 달려오기 바빴다.

KTX 기차표로 기찻길을 만들면 운동장 한 바퀴는 돌고 남았을 것이다. 안타깝지만 당시 둘 다 승진하지 못했다.

나는 임신이라는 숙제를 안고 있었다. 임신은 여자의 책무라는 통념이 죄의식처럼 따라다녔다. 주말부부 일 년 반 동안 임신을 미루다, 청간 발령 때 남편이 근무하는 서울로 올라왔다. 서울 생활에 적응하고, 미뤄 두었던 신혼 생활을 즐기며 몇 달 동안 공을 들여도 임신은 뜻대로 되지 않았다. 어느덧 찬바람 부는 계절이 다가왔다.

찬바람이 불면 승진을 위해 책을 잡았다. 하지만 죄책감을 떨쳐내겠다는 마음으로 승진 대신 임신을 선택했다. 하지만 어리석은 마음이 뜻대로 될 리 만무했다. 오히려 엄마가 되어야 한다는 강박감은 자신을 옥죄였다. 결국 엄마가 되겠다는 욕심을 내려놓고, 시험까지 남은 석 달 동안 마음 편하게 공부하기로 계획을 변경했다.

그렇게 다 내려놓고 공부로 마음을 돌린 10월의 어느 날, 큰딸 나연이가 찾아왔다. 기적이었다. 운명 같은 타이밍에, 이런 감동은 처음이었다. 고마워 눈물이 났다.

승진 공부에서 손을 뗄지 말지 고민했지만 포기할 수

없었다. 엄마가 된 지 얼마 안 됐지만 자식을 지켜야 한다는 책임감이 엄습했다. 남편이 임신 때문에 제대로 공부하기 힘드니까 마음 편히 먹으라고 했다. 게다가 임산부는 회식 자리에 불러주지도 않아서 퇴근 후 집에서 여유롭게 공부하기도 좋다. 잠이 오면 자고, 배고프면 먹고, 공부하고 싶으면 공부하고, 공주 대접을 받으며 행복하게 승진 준비를 했다.

작년에 한 공부가 나를 배신하지 않았다. 기억을 환기하는 정도로 가볍게 책장을 넘겨도 내용이 머리에 들어왔다. 머리와 가슴이 모두 두 개씩이라 그런가, 이해력과 기억력의 속도도 배로 좋아진 것 같았다. 그해 남편과 나는 승진 시험에 합격했다. 첫째 나연이를 임신한 지 3개월 때다. 2년 만에 이룬 결실은 뱃속 아이가 준 큰 복이기도 했다. 이런 나를 보고 독하다는 사람들이 있다. 굳이 임신해서도 승진 공부하냐고 말이다. 친한 후배는 이런 말을 했다.

"임신했을 때 공부한다고 스트레스를 받아서 나연이가 아픈 거 아니에요?"

돌이킬 수 있는 건 아무것도 없었다. 부모가 되면 자식이 아픈 것만큼 가슴 시린 일은 없다. 후배는 시리도록 아픈 곳을 제대로 확인시켰다. 나연이는 태어날 때부터 심장에 구멍이 있어 수술을 받았다. 지금은 건강하게 잘 자라고 있지만, 나연이의 상처를 볼 때마다 생각한다. 만약 그때 임신을 핑계로 승진을 포기했다면 나연이는 아프지 않았을까?

무엇을 선택한다고 해서, 그 선택의 결과까지 마음먹은 대로 얻을 순 없다. 그 결과의 일부는 분명 신의 영역이다. 선택은 가지 않은 길에 대한 후회를 동반한다. 후회해도 돌아갈 수 없다. 그래도 후회가 뒤따른다면, 후회를 내려놓는 연습이 필요하다. 선택하지 않은 선택은 또 다른 선택으로 이어져 결국 꿈의 길목에서 만난다. 모든 선택은 연습이다.

## 7번의 도전, 4번의 성공, 3번의 실패

"경감까지 첫 시험에 다 합격했다면서요?"

남들보다 빨리 경감이 되었다. 그래서 한 번도 실패하지 않고 탄탄대로를 달려온 거 아니냐 오해하는 이들이 있는데, 나는 3번 승진에 실패했다. 7번 승진 시험에 도전해서 3번 떨어지고, 4번 승진한 것이다. 시험 전 준비 기간을 따지면 쉬지 않고 달려온 셈이다. 치열하고 버거웠던 시간이다.

공부가 부족해서 떨어지기도 했고, 시험 성적은 좋았지만, 근평 관리를 못 해 떨어지기도 했다. 특히 경감 첫 시험은 육아휴직 때문에 객관 점수를 챙기지 못해 떨어졌다. 객관 점수 30점 만점에 겨우 5점이다. 아이들 키우기도 벅찬데, 가능성이 제로인 시험에 도전하는 것은 무모했다. 하지만 시험에 응시할 수 있는 자격을 버릴 수 없었다. 주관식 도전은 처음인데, 실전처럼 연습할 좋은 기회를 놓칠 수 없었기 때문이다.

준비한 내용이 얼마나 적중하는지 시험하고 싶었다. 그래야 내년을 대비해 공부 방향을 잡고, 단번에 합격할 수 있다고 생각했다. A급 단문 25개, 사례 2개를 골라 외우고 시험장에 갔다. 결과는 놀라웠다. 운 좋게도 찍어서 외운 문제가 나왔고 시간 내에 9페이지를 채웠다. 시험의 채점 결과는 합격선보다 조금 높았다. 준비하고 계획한 만큼 결과를 얻었고, 다음번엔 무조건 합격할 수 있다는 확신을 얻으며 이듬해 경감 시험에 합격했다.

공채 출신 중에 경감까지 한 번에 합격한 사람들은 의외로 많다. 거기에 비하면 낯부끄럽지만, 나는 내가 자랑스럽다. 멈출 수밖에 없는 고비에서도 당당히 도전했다는 점, 합격 가능성 0퍼센트에도 실전처럼 연습해서 다음 해 합격했다는 점, 고통 안에서도 나만의 행복을 찾았다는 점 때문이다.

여자들은 술을 먹지 않아서 집중을 잘한다? 여자들은 독해서 시험에 유리하다? 아니다. 그 여자가 엄마라면 더욱 아니다. 그 누구도 엄마에게 시간을 통째로 내주지는 않는다. 틈틈이 버려지는 시간을 모아 내 것으로 챙기면 모를까. 그만큼 어려운 여건이기에 당장 눈앞에 놓인 합격을 바라보는 것이 아니라, 내가 목표한 그 한 점을 두고 꾸준히 달려가는 것뿐이다.

삶이란 어느 포인트에 방점을 찍느냐에 따라 달라진다. 7번의 도전, 4번의 승진, 3번의 실패. 사람들은 나를 평가할 때 4번의 승진만 기억하지만, 시간이 지날수록 남들은 모르는 3번의 실패에 더욱 애착이 간다. 절망의 나락에 떨어지기를 반복하며 훈장처럼 빛나는 기적을 경험했다. 실패를 통해서만 배울 수 있는 것들, 그렇게 둘러 간 덕분에 배울 수 있는 것들은 분명 존재한다. 나는 3번의 실패가 아니라 3번의 방향 전환을 했을지도 모른다. 결국 내 삶을 스치는 하나의 과정들이었고 그 과정들이 모여 지금이 있듯, 과정으로 기억될 숱한 실패들을 환영한다.

## 기회는 잡아야 온다

경험도 쌓고, 실력도 쌓고, 인맥도 쌓고 있었다. 하지만 부속실 업무는 절대 만만치 않았다. 부속실 구성원들이 무거운 짐을 나눠 짊어졌지만, 정무적 판단이나 중간관리자들과의 가교 역할, 진정한 소통을 강조하는 청장님까지 고루 신경이 쓰였다. 찬바람이 부니 슬슬 병이 도졌다. 승진 시험에 대한 욕구가 발동한 것이다.

경찰 승진이 1월에 있다 보니 찬바람만 불면 승진 분위기가 조성된다. 사실 상사들에게 아쉬운 소리 하지 않고 공부만 하면 가능한 것이 승진이다. 젊은 사람들은 심사보다 시험 승진을 선호한다. 부속실 근무는 심리적, 정신적 부담감이 크다 보니 일과 후 공부도 쉽지 않았다. 머리가 맑아야 지식이 흡수가 될 텐데 억지로 집어넣으니 과부하가 걸렸다.

경사 첫 시험은 실패했다. 준비가 부족했고 부족함은 결과로 증명되었다. 하나를 얻으면 하나는 포기해야 하는 게 인생의 순리이지만 그때는 욕심이 과했다. 부속실 생활 일 년이 넘어가면서 청장님과 이별하고 새 청장님이 부임해 오셨다. 원래부터 내 자리는 없던 자리였고, 없어질 것을 직감했다. 다행히 정보과로 자리를 옮겼고 본격적으로 글 쓰는 여경이 되었다.

청장님 발령에 이어 정보 과장님도 새로 오셨다. 본청에서 승진 후 내려오셨는데 자기소개를 간략히 메일로 제출해 달라고 하셨다. 전 직원이 예외 없이 제출하되, 양식은 없으니 편하게 자신을 소개하면 된다고 하셨다.

요식 행위라 여기고 시키는 대로 '아주 편하게' 작성해 메일을 보냈다. 당시 내가 무슨 이야기를 어떻게 적었는지 기억이 나지 않지만 그걸 보신 J 과장님은 한참을 웃으셨다고 한다. 그야말로 나답게 나를 소개했다고 말이다. 자기소개를 계기로 J 과장님은 나를 눈여겨 보셨고 조언을 아끼지 않으셨다.

J 과장님은 내게 특진을 준비하는 게 어떻겠냐고 말씀하셨다. 인생에 없던 '특진'이라는 단어가 삶에 들어온 순간이었다. 젊고 무한한 가능성이 있으니 시험에 목숨 걸지 말고 특진과 같은 다른 길도 살펴보라고 하셨다.

과장님 말씀이라 고개는 끄덕였지만 속으로는 시큰둥했다. 특진은 아무나 하는 게 아니라 특별히 잘하는 게 있어야 하는 거라 생각했다. 정보를 갓 시작한 갓난쟁이에게 정보 특진이라니, 나는 그렇게 가보지 않은 길로 계속 떠밀려 가고 있었다.

정책 보고서를 점수로 환산해 평가하는 공약 특진인데다 경사 계급은 충분히 승산이 있었다. 과장님은 기정실장님을 시켜 스파르타식으로 나를 가르치기 시작했다. 형식, 내용, 점수 관리 비법, 느슨해지는 정신까지 단단히 잡아주셨다. 그해 12월 30일, 경사 특진을 했다.

나는 나에게 주어진 골든타임을 알아채지 못했다. 우리 자신 안에 있는 것들만 알아본다. '때마침'이란 그 '때'가 아니면 '마침'표를 찍어야 한다는 뜻이다. 호시탐탐 기회를 노리는 사람에게 당도하는 최적의 타이밍이다. 흘러가는 대로 흐르지 말고, 치열하게 달려가 기회를 잡아야 한다.

## 적당한 경험은 없다

중앙학교에서 훈련받을 때만 해도 90점을 넘길 정도로 사격에 자신이 있었다. 하지만 어느 순간 실력이 떨어지더니, 경사 계급 때는 사격 저조자 교육을 다녀와야 했다.

14년 동안 사격 잘하는 방법을 연구하며 다양한 조언을 조합한 결과, 그 비결을 몇 가지로 요약할 수 있다. 먼저 표적지 대신 가늠자와 가늠쇠를 주시할 것, 파지를 정확히 하고 호흡을 멈출 것, 자신도 모른 채 방아쇠가 당겨질 정도로 무의식 격발을 할 것, 마지막 불꽃을 확인할 것 등이다. 무엇보다 욕심을 비워야 하는데 제아무리 실력이 출중해도 욕심이 개입하는 순간 탄환은 표적지를 이탈한다. 물론 이론에는 능통하지만, 실전에 적용이 안 돼서 탈이지만 말이다.

올해는 이런저런 부담을 내려놓고, 홀가분하게 사격에 임했다. 결과를 떠나 과정에서 즐거움을 느끼기도 했고, 욕심을 비우자 성적이 올라가는 것을 증명하기도 했다. 사격을 끝내고 사무실로 돌아왔다. 채점하던 동료 직원이 핸드폰으로 연락을 한 것이다. 아무리 살펴봐도 총알 수가 맞지 않다고 했다. 도저히 이해가 가지 않아 확인해 보니, 속사 5발이 없었다. 14년 동안 사격을 하면서 한 번도 그런 적이 없던 터라, 수긍할 수가 없었다.

채점자들이 노력 끝에 알아낸 것은 내가 옆 사로 표적지에 5발을 쏜 것이다. 내가 남의 사로에 사격을 한 것이다. 그나마 다행인 것은 대퇴부(5점 만점)에 5발이 정확히 들어갔다는 점이었다. 실수로 남의 표적지에 사격했든, 나의 표적지에 남이 사격을 했든, 넘치는 탄환 수만큼 높은 점수에서 빼는 것이 시험의 룰이다. 다른 데로 빗나갔다면 걷잡을 수 없는 피해가 생길 수도 있는 끔찍한 실수였다.

최근 속사 평가가 엄격해졌다. 규정상 5발을 15초 이내에 빠른 속도로 쏴야 하는데, 평가의 공정성을 위해 시간 체크가 정확하게 이뤄진다. 마음이 급해지자 속도를 올려 사격하니 남의 표적지에 정확히 명중한 것이다.

나는 내일 또 어떤 실수를 할지 모른다. 하지만 남의 표적지에 사격하는 위험한 실수는 두 번 다시 없어야 한다. 속도를 내는 것도 중요하지만, 정확한 방향으로 달리는 것은 더욱 중요하다. 세상에 적당한 경험은 없다. 만약 적당한 온도의 경험이었다면 내 안에 흔적을 남기지 않고 그냥 흘러갔을 것이다. 배움은 뜨거워야 한다.

사격 교관들이 나의 실패 사례를 '사격 시 유의사항'에 넣어 생생하게 활용 중이다. 이렇게라도 동료들을 위해 이바지한 바가 있어 다행이다. 종종 방향이 빗나가지만, 그 길에서 쌓은 경험과 교훈 덕분에 잘된 방향으로 걸어갈 수 있는 거니까.

## 선한 나비효과

나의 웃음과 친절은 수시로 의심을 받았다. 웃지 않고 긍정적 기운들을 냉정하게 거둬들일까 생각도 했다. 보상을 염두에 두고 한 행동이 아니었기에 나 자신의 행복을 핑계로 버텨 왔다. 타인을 위해 건넨 웃음이 부메랑처럼 나를 향해 돌아오고, 타인의 마음마저 보태져 더 달콤해지니 마다할 수가 없었다.

'헛된 노력'이라고 생각했던 지난날들은 나에게 '선한 영향력'이라는 나비효과로 돌아오고 있다. 미미했던 날갯짓이 모여 태풍을 일으키는 나비효과를 거두기까지 참 오래 걸렸다. 아직도 먼 길을 힘겹게 걸어가는 중이기도 하다.

"계장님께서는 너무 많은 일을 해 오셨고, 하고 계심을 알고 있어요. 만일 다른 분이 계장님 위치에 있다면 어려움을 많이 토로하시고 그랬을 것으로 생각되는데, 감사한 마음이 큽니다. 항상 웃으면서 일하시는 모습에 여러 직원이 긍정적인 영향을 받는 것 같아 응원하고 있습니다."

힘들다는 말도 힘겨워 내려놓고 사는 요즘이다. 누군가의 위로나 응원에 대한 기대는 오히려 에너지 낭비다.

한데 덤덤히 하루를 살아 내는 나에게 담담히 날아온 진심에 가슴이 덜컥 내려앉았다. 알아 달라는 마음조차 버린 난데, 뜬금없이 가슴이 요동쳤다. 괜찮은지 알았는데, 울컥하는 걸 보니 괜찮지 않았나 보다.

# 읽고 쓰며
## 성장하다

 태어나 처음으로 책을 좋아한 건 대학교 1학년 때다. 시기로 따지면 거의 늦바람 수준이다. 허리 디스크로 누워 아무것도 할 수 없을 때 책과 인연이 닿았다. 몸이 성할 때는 한시도 가만 있지 않으니 독서라는 고상한 취미가 성에 찰 리 없었다.

신입생인데다 경찰행정학과라 무도며 체육 활동이며 동기들 모두 분주히 움직였다. 하지만 나는 무도장 한구석에서 말없이 이를 지켜만 봤다. 펄펄 날아야 할 사람은 나인데, 지금 무얼 하고 있냐고 하염없이 자책했다.

이유 없는 시련은 없다고 그때 넘어졌기에 책을 만날 수 있었다. 어설프게 넘어졌다면 지금도 책과 친하지 않았을 것이다. 책은 내 곁을 지켜 준 간병인이다. 그렇게 한 권의 책이, 열 권의 책이 모여 나를 단단하게 만들었다. 스스로 일어설 때까지 기다리고 조용히 응원하는 힘, 나는 그 힘에 매료되어 오늘을 산다.

## 수북수북 도서관

2011년 당시 서장님께서 경찰서 내에 작은 도서관을 만들었다. 기부 도서들로 일부를 채우고, 개포도서관과 제휴를 맺어 책을 일정 기간 대여해 주는 시스템으로 운영되었다. 나는 본서가 아니라 파출소에서 근무한 터라 이용은 어려웠지만, 도서관이 생겼다는 것이 반가웠다. 직원들을 상대로 도서관 명칭을 공모했는데, 내가 제출한 '수북수북'이 당선돼 서장님 표창장은 물론 현판 제막식까지 참석하는 영예를 안았다. '수북수북'은 수서경찰 북클럽의 준말이었는데, 책을 통해 지식도 수북수북, 꿈도 수북수북, 행복도 수북수북 쌓자는 뜻이었다.

당시 본청 지원을 받아 전문 강사님을 모시고 '수북수북 독서토론회'도 개최했다. 서장님께서도 적극적으로 참여하셨고, 특유의 유머와 기지로 분위기를 화기애애하게 이끌어주셨다. 안타깝게도 오래가지 않아 도서관이 없어졌는데 기회가 된다면 어디서든 '수북수북'이 부활했으면 하는 바람이다. 아무리 좋은 정책도 이를 이용하는 직원들이 애정을 갖고 자발적으로 운영하지 않으면 유지되기 어렵다. 사람은 바뀔지라도 지속될 수 있는 시스템 유지 방안이 필요하다.

'할 일이 없으니 책을 읽는다'는 생각이 아직도 남아 있다. 그런 생각이 잔존한다는 것이 우리가 멈추지 않고 더욱 책을 읽어야 하는 이유다. 업무에 생각이 갇히면 더 답을 찾기 어렵다. 현명한 지혜가 하루아침에 뚝딱 하고 만들어지는 게 아니다. 올바른 정책도, 기발한 아이디어도, 타인의 생각을 수용하고 이를 반영하는 지혜도 모두 배움에서 나오는 법이다. 아무리 훌륭한 두뇌도 새로운 지식을 받아들이지 않고는 퇴화한다. 직접 관련이 없다고 내치면 큰일이 난다. 가장 중요한 순간 빛을 발하는 건 우리가 언젠가 읽고 생각을 깨우쳤던 한 권의 책, 한 줄의 문장일 수도 있다.

## 나를 읽어요

한번은 국제면허증 발급 컴퓨터가 먹통이 된 적 있다. 마침 직원들도 연차에, 교육에 공석이 많아 창구에 앉아 있었는데 정말 난감한 상황이었다. 한 분 한 분 사정을 설명하고 발급 후 연락드리면 다시 재방문하는 임시방편을 써야만 했다.

몇 시간에 걸쳐 컴퓨터를 고치고, 밀린 국제면허증을 발부하고 있는데 전화가 왔다. 좀 전에 다녀가셨던 분인데 국제면허증을 찾으러 가도 되냐는 내용이었다. 전화를 끊고 몇 분이 지나 그분이 오셨다.

그분의 '번거로운 걸음'에 고개 숙여 사과했다. 하지만 나의 사과는 증발하고, 아주 작은 목소리로 귀에 담을 수 없는 욕설을 쏟아 냈다. 당시 민원실 안은 다른 민원 건으로 여기저기서 웅성거리며 소란스러웠는데, 나만 들을 수 있는 소리였다.

"왜 다 만들어놓고 전화 안 해? 왜 먼저 전화하게 만들어? 나 참, 말귀 못 알아듣네. 정말 하는 꼬락서니들하고는! 진짜 욕 나오네."

얼굴에 침이 아니라 칼을 뱉는 듯했다. 어떤 변명도 통하지 않았다. 이럴 때는 변명을 접어야만 상황이 빨리 정리된다. 주변 소음에 묻혀 나만 위협하는 폭력성에 소름이 끼쳤다. 차라리 큰 소리로 말했다면 동료라도 눈치챘을 텐데 말이다. 교통민원실에서 근무하면서 '감정 노동자'라는 말이 새삼 떠올랐다. 하루에 열두 번이 넘게 더 욕을 먹고 나면 정신이 혼미하다. 경찰관이라는 이유로 일단 맞고 보는 비난의 화살, 나의 잘잘못과 상관없이 사과부터 해야 더 큰 화를 면하는 현실이다.

감정 노동자들이 하루에도 수십 번 무너지는 감정들을 추스를 방편을 찾아 민원실 내 작은 공간에 '나를 읽어요' 코너를 만들었다. 클래식과 같은 음악 방송도 곁들였지만, 책이야말로 다친 마음을 살펴보고 위로해 주는 매개체라고 생각했다.

다친 감정을 치유하는 것도 '의무'가 되면 힘들다. 일단 내 감정 상태가 어떤지, 상처는 어느 정도로 깊은지 들여다보는 시간이 필요하다. 그래서 '나를 읽어요'라고 이름을 정했다. 스스로 객관적인 진단을 하고, 살펴볼 수 있는 지혜가 절실하기 때문이다.

최근에 산 책 20여 권을 비치했다. 진정 살기 위해 읽는 '생존 독서'라고 할까? 취향을 반영할 순 없지만, 에세이처럼 가볍게 읽고 툴툴 털 수 있는 책으로 골랐다. 책을 꽂아 두었던 순서가 뒤섞였다. 누군가는 읽고 있다는 표식이었다.

불빛 한 점 없는 어둠 속에서도 몇 초만 기다리면 사물의 형체 파악이 가능하다. 어둠 속에서도 적응할 수 있어 버티는 거다. 다만 어둠이 강하게 지배할 땐 언젠가 떠오를 태양도 내 것이 아니라고 의심한다. 그럴 땐 어둠에 집중하자. 태양은 어둠 안에 숨어 있기 마련이다.

거창한 행복은 왠지 부담스럽고, 행복도 소유하는 거라 시간이 지나면 시들해진다. 소소하지만 잔잔한 행복들을 자주 챙기는 것이 중요하다. 길을 가다 툭 하고 걸리는 돌부리처럼, 세상에 널려 있는 행복은 수없이 많다.

## 익숙한 것에서의 탈출

'저도 빨리 커서 벤츠 될래요.'

경차 뒷면 유리에 붙어 있는 초보운전을 알리는 스티커 문구다. 센스 있는 글귀를 발견하면 유쾌하다 못해 기막히다는 생각을 한다. 차 중에서도 가장 왜소하고 나약한 경차의 꿈이 벤츠라니, 얼마나 기발한지 한참을 웃었다. 하지만 불가능한 꿈도 꿈이라고, 경차의 당차고 야무진 꿈이 진짜 이뤄질지 궁금하다.

사람의 꿈이란 얼마나 위대한가? 나의 꿈은, 당신의 꿈은 안전한지 묻고 싶다. 꿈을 꿈으로만 남겨두고 사는 건 아닐지, 아니면 최소한 꿈이라고 등에 붙이고 다니는지 말이다.

나는 경찰이 되었고, 꿈을 이뤘다. 지금은 꿈 가운데서 유영하며 더없이 평온한 날을 보내고 있다. 그토록 간절히 원하던 꿈 속이니 얼마나 달콤할까. 물론 '이룬 꿈' 역시 현실에 깊이 발 담그고 있어 하루도 호락호락한 날이 없다.

내년이면 경찰 경력 15년이다. 공무원이지만 한 번도 안정을 찾아본 적 없고, 늘 흔들리는 바람에 몸을 맡기며 버텼던 시간이다. 그런데 익숙한 패턴을 더 반복하기 싫다는 강한 욕구가 발동 중이다. 단 한 번도 권태기를 생각해 본 적 없는데, 근래에 '혹시' 하는 마음이 절로 인다.

지금까지는 안정, 성공, 인정에 더욱 집중했다면, 아직 오지 않은 미래는 도전, 변화, 시도로 채울 생각이다. 낯선 곳, 색다른 문화, 약점으로만 남겨 두었던 그늘진 부분에 마음을 쏟으며, 내가 아는 모든 것을 넘어 전혀 몰랐던 세상으로 가려고 한다.

'danger'를 그대로 발음하면 '단거'이다. 단거는 위험하다는 뜻이다. 꿈을 이뤘다고 안주하는 순간, 그 달콤함에 멈추는 순간이 가장 위험하다. 나는 아직도 하고 싶은 게 많다. 무엇보다 내 꿈의 종착점은 행복에 있기에 더 욕심을 내고 싶다.

## 건전한 외도

나는 경찰이자 엄마다. 아이들의 삶에도 '경찰' 인생이 덧입혀질 수밖에 없다. 경찰 엄마, 아빠를 둔 아이들은 곱절로 힘들다. 잦은 비상근무와 당직, 출동 대기 등으로 인해 아이들과 충분히 시간을 보내기 어렵다.

엄마의 삶과 경찰의 일을 병행하기는 쉽지 않다. 엄마라는 또 하나의 직책이 '나'라는 사람을 설명하려면 지극히 주관적인 성질로 변하지만, 그 역시 편견이다. '엄마'와 '경감'이라는 계급이 만나, 사회인으로서 얼마나 깊어지는지를 스스로 경험하니까.

지친 하루의 끝에서 나는 '꿈'을 생각한다. 보이지 않는 내일을 그리며, 조금씩 선명해질 거라 믿는다. 내 일상의 대부분은 현실에 발 담그고 있지만, 새로운 꿈을 생각하면 에너지가 솟아오른다. 어쩌면 지친 일상을 일으키는 힘은 현재에 있는 게 아니라, 잡힐 듯 잡히지 않는 내일 속에 있는 모양이다.

'기승전꿈'

무엇을 하더라도 꿈으로 귀결되는 상태에 머물고 싶다. 청춘은 정신의 한 상태라고 했듯, 나는 꿈의 한 상태로 머물기를 소망한다. 엄마가 아닌 '꿈'을 이야기하면 엄마의 자격을 의심받는다고 했던가? 뒤늦게 내 인생 돌려달라고 아우성치지 말고, 건전한 외도에 스스로 노출되길 바란다. 그렇게 주어진 현실의 무게도 가볍게 감당할 수 있으면 좋겠다.

## 불가능은 없다

나의 첫째 딸은 예민하다. 몇 년 동안 첫째의 손톱을 깎아 본 적이 없다. 늘 입에 손톱을 물고 다녔고, 누가 봐도 정서불안이었다. 물어뜯다 못해 손톱 안쪽 살갗이 벌겋게 벗겨져 볼 때마다 가슴이 찢어졌다. 온전한 사랑을 받아 본 적도 없이 동생을 보아서일까. 최근까지도 손톱 밑바닥이 아파 피아노를 못 치겠다던 아이다.

첫째는 잠버릇이 유난하다. 깊이 잠든 걸 확인하고 옆으로 몸이라도 틀라치면 파르르 떨며 울기 시작한다. 징징 울다 대성통곡으로 끝난다. 24시간 엄마 숨소리를 들어도 모자란 모양이다. 엄마의 심장 소리를 들을 수 있는 근거리에 있거나 엄마의 신체 일부가 자신과 연결되어 있어야 첫째는 잠을 잘 수 있다. 몇 시간 공을 들여 재워도 1초 만에 깨니 몇 년 동안 제대로 잠을 자 본 적이 없다.

기동대 근무는 자정 즈음에 내일 근무(이것을 경력이

라 부른다)가 확정된다. 자정 전까지 근무 일정은 모두 가안이라 언제 바뀔지 모르고, 가안을 믿고 잠들었다가 무슨 일이 일어날지 예상할 수 없다. 한번은 첫째를 재우느라 한참을 씨름하다 나도 모르게 잠들어 버렸다. 종종 자정 넘어서까지 경력이 내려오지 않으면 가안이 바뀔 확률이 높은데 설마 싶었다.

새벽 4시경, 남편의 휴대폰으로 전화가 걸려 왔다. 자던 남편이 놀라 전화를 받았는데 나와 함께 근무하는 팀원 중 한 명이었다. 팀장님께 수십 번 전화를 걸어도 받지를 않아 부득이 전화했다고 했다. 근무가 바뀌어서 새벽 4시 30분까지 부대로 출근한 후 현장으로 바로 출발할 예정이라고 덧붙였다. 부대 출근은 포기하고 현장으로 바로 도착할 테니 근무복만 챙겨달라고 일렀다.

하늘이 노랬다. 그제야 모든 게 파악됐다. 남편과 동시에 눈을 떴고, 우린 아무 말도 없이 옷을 입었다. 얼굴에 물을 두어 번 퍼부었는데 세수가 아니라 정신을 차리기 위한 응급처치였다. 나는 콜택시를 부르겠다고 했지만 남편은 조용히 차 키를 들었다. 전화를 받고, 옷을 입고, 엘리베이

터를 타고, 시동을 걸기까지 채 5분도 걸리지 않았다.

현장에 도착했지만 아무도 없었다. 현장을 잘못 알았나 싶어 팀원들에게 연락했더니 이동 중이라고 했다. 가장 먼저 현장에 도착한 거였다. 평소 한 시간은 넘게 걸리는 거리를 20분 만에 날아왔다. 제대 버스가 오기까지 남편과 함께 차 안에서 기다렸다. 그제야 웃음이 났다. 우리가 저지른 짓에 대해, 그리고 우리가 수습한 일에 대해 말이다.

기동대 생활 일 년 동안 현장 출근은 그때가 처음이자 마지막이었다. 그리고 지각은 단 한 번도 없었다. 어떤 급박한 상황에서도 불가능은 없다. 엄마와 경찰 사이에 있는 '나'는 불가능과 가능을 조율할 수 있는 힘이 있다.

03
PART

# 그렇게 대한민국 경찰이 된다

부딪히고 부대끼는 현장 이야기

# 지역
# 경찰의 일

예측 불가능한 신고가 빗발치고, 변수가 도사리는 곳에서 일하는 경찰, 먼 미래보다는 당장 오늘 야간이 걱정되는 경찰이 바로 지역 경찰이다. 지역 경찰은 지구대, 파출소에 근무하는 현장 경찰들로 주민들이 흔히 만날 수 있다. 지역 경찰은 제복을 입고, 권총을 차고, 순찰차를 타는데 순찰을 통한 범죄 예방, 112신고 처리, 주민들과 소통하며 다양한 민원을 처리한다.

초임 시절 2년 2개월, 서울로 발령이 나 일 년을 지역 경찰로 살았다. 오롯이 현장을 위해 뛴 시간이다. 밤샘 근무는 경찰 개개인의 '적성'을 논하기 전에, 경찰의 필수 코스다. 방망이를 차고 하룻밤만 버티면 잔무가 없어 퇴근 길에 머리가 묵직할 일은 없다. 다만 하룻밤을 버티는 것이 그리 쉬운 일은 아니다. 밤을 꽉 채워 신고를 처리한 날은 며칠을 쉬어도 피로가 가시지 않아 회복 탄력성이 떨어진다. 긴장한 만큼 뒤늦게 찾아오는 안도감은 더욱 피로를 부추긴다.

휴식 시간은 늘 부족하다. 혁대를 풀고 잠드는 데 몇 분, 미리 채비하고 교대하는 데 몇 분, 앞뒤로 몇십 분씩 잘라먹고 나면 온전한 휴게도 어렵다. 나는 새벽 5시만 되면 생사의 고비를 넘는 심정으로 버틴다. 새벽이슬을 머금은 공기, 뿌옇고 묵직한 기운이 온몸을 감싸면 허벅지를 꼬집어도 졸음이 몰아치기 때문이다.

나를 깨우는 건 신념도, 사명감도, 의지력도 아니다. 바로 112신고 전화다. 경찰이라서 밤을 이길 수 있는 게 아니라, 그 시간 누군가는 경찰 도움이 필요한 사람이 있으므로 버티는 거다. '오늘도 사명감으로, 국민을 위해 최선을 다해야지!' 이상적인 각오는 지켜지기 어렵다. '오늘도 무사히'라는 기도문을 외우며 제발 아무 일도 없이 하루가 지나가기를 바랄 뿐이다.

## 경찰이 이렇게 떨어도 되나요?

한겨울 추위는 볼펜까지 얼린다. 입김으로 긴급 처방을 해보지만 얼어붙은 볼펜으로 쓴 희미한 글자는 형체를 알아보기 힘들다. 메모와 함께 사건을 머리로 기억해야 하는 이유다.

밤과 추위라는 원초적인 애환은 까다로운 사건에 직면할 때도 변사 사건을 처리할 때도 아닌, 고요한 일상 속에 도사리는 어려움이다. 한두 해는 거뜬히 버텨도 강산이 두세 번 변할 정도면 건강의 일부는 반납해야만 경찰로 살 수 있다.

어두운 밤과 찬기가 만나면 사지가 벌벌 떨린다. 새벽 신고를 받고 순찰차에서 내렸을 때, 갑자기 몰아치는 추위에 나도 모르게 입술이 파르르 떨렸다. 그 떨림을 국민에게 들켰을 때 경찰로서 참 부끄러웠다. 의지로 어떻게 할 수 없는 파르르 한 떨림. 윗니, 아랫니가 달칵달칵 부딪힐 때면 정말 어디라도 숨고 싶다. 경찰이 이렇게 떨어도 되나 싶은데 멈추질 않는다.

요즘은 순찰차에도 열선이 들어온다. 따뜻한 온기는 오히려 현장에 도착했을 때 맹점으로 작용하기도 한다. 순찰차에서 데워진 몸이, 현장에 내리는 순간 갑자기 몰려오는 한기에 방어력을 상실하기 때문이다. 감기의 주범은 급격한 체온 변화인데, 열선은 오히려 이를 부추긴다. 모 주임은 '열선 예찬론자'였으나 준비 없이 맞이한 한기로 인해 독감에 걸린 후 열선과 결별했다. 열선을 끄고 긴장한 상태에서 근무하는 것이 오히려 건강에 득이 된다.

인간이기에 가장 원초적인 것에 취약하지만, 사전 예방과 문제 해결이 주업인 만큼 우린 또 각자의 방법으로 대안을 마련한다. 그리고 아무 일 없다는 듯 달려간다.

죄는 미워해도 사람은 미워하지 말아야 한다. 하지만 현장에서 근무하다 보면 죄는 없는데 사람이 미운 경우가 많다. 특히 주. 취. 자. 술은 미워해도 사람은 미워해선 안 되는데 그게 참 어렵다. 시간이 약이지만, 겨울은 시간도 독이 된다. 주취자를 깨우고, 달래고, 혼내서 귀가시켜야 안심할 수 있다. 살을 에는 추위가 경찰관 어깨에만 내리는 건 아니니까.

## 주취자의 괴로움

여경 선후배가 모여 정기 간담회를 한다. 경감급 여경 선배와 3년 미만 여경 후배들을 멘토와 멘티로 지정해 이야기를 나눈다. 이 간담회는 성 비위 근절이나 애로사항 등을 청취하는 소통의 창구다. 작년에는 더욱 내실 있는 소통을 위해 회의실이 아닌 양평 두물머리로 워크숍을 떠났다. 분위기가 무르익을 때 즈음, 허심탄회하게 속 이야기를 꺼낼 수 있도록 선배들이 먼저 상처를 소환했다.

후배들도 덩달아 현장에서 겪은 이야기들을 꺼냈다. 대부분 주취자에게 당한 모욕적인 사례였다. 한 후배는 "야, 여자가 그렇게 못생겨서 어떻게 해!"라는 말을 들었다. 또 다른 후배는 불법 영업 신고를 받고 출동했는데 "어이, 여기 좀 앉아 봐. 내 옆에 앉아 보라니까" 하며 술집 종업원 대우를 받았다.

시민이 보는 공개된 장소에서 제복을 입은 경찰관에

게 뱉은 모욕은 공권력 붕괴로 이어진다. 이런 사람들을 다 입건하려면 주취자는 모두 전과자가 되고도 남으니 그냥 삼키는 게 상책이라며 스스로 타협한다.

하루는 여성 주취자가 지구대로 찾아왔다. "많이 취한 것 같으니 어서 집으로 들어가세요"라고 어느 경찰관이 한마디 하니, 자기는 지극히 정상인데 주취자 취급한다며 노발대발했다. 그리고 억울하다며 옷을 하나둘 벗기 시작했다.

당시 상황근무를 하던 남자 동료들이 뜯어말렸지만, 자기 몸에 손대지 말라며 근처에도 못 오게 했다. 순찰 중이던 나는 '여경'이라는 이유로 즉시 소환됐다. 도착했을 때 주취자는 실오라기 하나 걸치지 않은 나체 상태였고, 급기야 책상 위로 올라가 있었다. 다들 눈을 어디에 둬야 할지 몰라 등을 돌렸다. 나는 어떻게라도 옷을 입혀 보겠다며 애를 써보았지만 속수무책이었다. 차라리 동료들 눈을 가리는 게 더 빨랐다. 한참을 씨름한 끝에 가족과 연락이 닿았고, 그렇게 나체 사건은 마무리됐다.

주취자는 길거리에서 헤매는 경우가 대부분이지만 가

끔 집으로 경찰을 부르는 분도 있다. 한번은 여성 주취자가 "여경하고만 이야기하겠다"라며 여경을 호출했다. 현장 출동은 2인 1조라 남자 조장님과 함께 도착했는데 남자들은 믿을 수 없다며 굳이 나만 들어오라고 했다. 이렇게라도 여경이 필요할 때가 있으니 다행이다 싶었다. 물론 새벽 3시가 훌쩍 넘은 시간이었지만.

신고자가 아무리 여성이라도 낯선 집에 혼자 들어간다는 것은 쉬운 일이 아니다. 조장님은 현관문 밖에서 소리를 듣고 있을 테니 일단 혼자 들어가 보라고 했다. 신고자는 눈물 콧물 쏟으며 억울한 사연을 들려주었다. 중간중간 술도 곁들였다. 다 알겠는데, 끝이 없었다.

한 시간이 경과하자 조장님은 문자로 안부를 묻는다. 이참에 다른 신고를 핑계로 나가야겠다고 마음먹고 의사를 내비쳤다. 그러자 내가 가면 자기는 죽어버리겠다며 했다. 급기야 마셨던 소주병을 깨부수고 자기 목에 겨누는 것이 아닌가. 조장님의 도움으로 밖으로 나올 수 있었고 지원 나온 동료들과 함께 동틀 무렵에야 서로 돌아갈 수 있었다.

여성 주취자 신고는 갈수록 증가하고 있다. 여성의 인권은 날로 예민해져 출동한 경찰관들도 어떻게 처신해야 할지 혼란스러운 경우가 태반이다. 대부분의 남자 경찰관들은 만취 여성을 어떻게 흔들어 깨워야 할지, 순찰차에 태울 땐 어디를 잡아야 할지 난감해 한다. 일부는 '여성 주취자는 여경들이 다 처리하라'며 불만을 호소하기도 한다. 실컷 도와줬더니 남자 경찰관이 성추행했다며 고소하는 사례도 있기 때문이다.

현행 법은 술에 관대하다. 취했다는 이유로, 기억이 나지 않는다는 이유로, 잘못해도 쉽게 법의 용서를 받을 수 있는 것이 현실이다. 죄를 지어도 술을 마시면 감경해 주니 세상이 점점 비틀거린다.

## 예감이 틀리길 바라

날이 꾸물꾸물하다. 이런 날일수록 '왠지'라는 예감은 빗나가는 법이 거의 없다. 모르는 척 침묵으로 일관해도 기어코 찾아오는 사건들이 있다. 흐린 날은 물론, 퇴근이 임박해서 떨어지는 신고는 대부분 달갑지 않다.

동틀 무렵, 아직 어스름이 채 가시지 않았다. 한 시간만 버티면 곧 퇴근이다. 밤새 수척해진 얼굴도 퇴근이 임박하면 활짝 피어오른다. 새벽을 털어 내고, 어젯밤 흔적들을 청소하던 중 신고가 떨어졌다.

교통사고라 비교적 가벼운 마음으로 출동했지만 현장은 참담했다. 과속하던 승용차가 커브 길에서 제 속도를 이기지 못하고, 맞은편에서 신호대기 중이던 1톤 트럭을 충돌한 사고였다. 119 구급차와 동시에 출동한 터라, 분주하게 현장 수습이 이뤄지고 있었다. 수습을 하면 할수록 사태는 더욱 심각했다. 승용차 안에는 대학생이 여러 명 타고 있었고, 안전띠는커녕 음주까지 한 상태였다.

사고로 트럭 기사와 함께 대학생 몇 명이 희생되었다. 모두 병원으로 후송되고 현장을 정리했는데 믿기지 않았다. 도로에는 장기의 일부가, 주인이 누군지도 모른 채 놓여 있었다. 장갑도 없이 장기에 덕지덕지 묻은 모래를 털어 내며 속으로 얼마나 울었는지.

세상은 멈춰 있었고, 나는 아주 천천히 손가락을 세웠다. 신호위반, 과속, 음주운전, 안전운전 의무 위반, 안전띠

미착용⋯⋯. 대수롭지 않을 규칙 위반이 한꺼번에 모여 대형 사고를 유발했다. 새벽에도 어김없이 신호를 지켰던 무고한 운전자까지 목숨을 잃었다.

실습생 시절부터 변사 현장을 종종 목격했다. 단순 질병사도 있지만, 투신자살도 많다. '초동 조치'라는 숙명 덕분에, 현장의 첫인상은 트라우마의 형태로 자리 잡는다. 변사 사건을 처리한 날은 귀가 전 반드시 세수하거나 최소한 손발은 씻고 들어가는 의식을 행한다. 신임 때 조장님이 알려준 비법인데 현장을 뛰어 본 경찰관이라면 한 번쯤 해 봤을 것이다. 모든 게 수습되고 나면 한동안 멍한 상태에 접어든다. 그리고 그 안에서 빠져나오려고 부단히 애쓴다. 물로 지워질 것도 아니지만, 그렇게라도 해야 우리가 짊어지고 있는 삶의 어둠을 조금이나마 씻겨질 것만 같다.

"죽은 사람은 산 사람을 절대 해치지 않는다"라고 하신 조장님의 명언을 가슴에 새기며, 현장에 버려진 아픔과 슬픔을 담담히 주워 담는다.

## 변수는 틈을 노린다

고시원에서 난동을 부린다는 신고 접수가 자주 들어온다. 고시원이 주거지이자 생활 터전인 사람들은 다툼이 잦다. 고시원은 싼값에 방을 내준 탓에 관리는커녕, 음주 소란과 다툼을 유발하기 딱 좋은 환경이다.

나는 당시 상황근무를 보고 있었는데 수시로 신고가 접수되는 곳이라 큰 변수는 없을 거라 생각했다. 일단 신고가 접수됐으니 당사자들을 만나 조용히 타이르고, 차분하게 현장을 정리해 마무리할 요량이었다. 출동이 잦은 곳이라 출동할 때마다 처벌할 수는 없는 노릇이었다.

하지만 무전을 통해 전해 듣는 현장은 생각대로 일이 풀리지 않는 듯했다. 난동을 부린 사람이 지하 1층으로 내려갔는데, 지하가 어두워 앞이 잘 보이지 않는다고 했다. 일단 신고가 접수됐으니 소란을 피운 당사자를 만나 자초지종 들어야 했다.

하지만 소란의 당사자가 흉기를 든 것 같다는 추가 신고가 접수되었다. 순찰차 한 대와 도보 근무자까지 추가 지원을 나갔고, 무전은 긴장감이 돌았다. 팀장님은 테이저건을 휴대하고, 섣불리 나서지 말고 차분히 대응하라고 지시했다.

순간 비명이 무전을 타고 흘렀다. 119 구급대 요청이 이어졌고, 현장 상황은 그야말로 아수라장이었다. 취기가 오를 대로 오른 피의자는 지하 방으로 들어가 문을 잠근 후, 침대를 밀어 문을 폐쇄했다. 밖에서 문을 열려고 시도하자 30센티미터 식칼을 휘둘렀는데 마침 그 흉기가 출동한 경찰관의 등을 향했고 결과는 처참했다.

믿기 어렵고 믿고 싶지 않은 사고였다. 불과 몇 초 만에 벌어진 일 앞에서 할 말을 잃었다. 테이저건을 겨누던 방향의 반대 방향에서 날아온 기습 공격, 어둠조차도 경찰 편이 아니었다. 그렇게 동료가 쓰러졌다.

현장은 항상 위험이 도사린다. 평소에는 수면 아래에 가라앉아 있다가 변수라는 이름으로 허를 찌른다. 현장 조치로 마감하는 대수롭지 않은 신고들, 대수롭지 않은 그 평온함 속에 위험은 숨어 있다. 변수는 익숙해서 긴장감을 잃어버린 그 틈을 노린다.

내가 아니라서 다행인 일은 없다. 그날 현장에 동료 대신 내가 있었다면, 과연 그 상처를 피할 수 있었을까? 현장에서 다친 J 반장님을 위해 나는 동료로서 무엇을 했나?

경찰은 순간 판단력이 중요하다. 하지만 비슷한 상황은 있어도, 똑같은 상황은 없듯 매번 다른 상황에서 완벽한 판단을 하기는 쉽지 않다. 현장에선 들여다볼 여유도, 곰곰이 생각할 시간도 없기 때문이다.

경찰은 만능이어야 한다. 하지만 할 수 있는 최선의 판단, 결정을 사후에 들여다보면 허점투성이다. 경찰은 '그 순간' 완벽해야 하고, 어떤 빈틈도 용납되지 않는다. 국민은 생각한다. 경찰이 대단한 권한을 갖고, 공권력을 마음대로 휘두를 수 있다고. 단언컨대 경찰은 '의도적으로' 무엇을 하거나, '의도적으로' 무엇을 하지 않을 자유는 없다. 법대로 집행하고, 그 집행에 대한 묵직한 책임만 질 뿐이다.

## 피할 수 있어도 피하지 않는다

사체가 너무 깨끗했다. 5층에서 투신했는데도 바닥에는 혈흔 한 방울조차 없었다. 단정한 교복 차림으로 미동 없이 바닥에 누워 있었고, 너무도 곱고 예뻐서 흔들어 깨울 뻔했다. 이 차가운 바닥에서 뭐 하고 있느냐고.

대구 J 경찰서 N 지구대로 실습을 나가자마자 떨어진 112신고였다. H 극장 5층에서 여중생이 투신한 사건이었다. 물건 훔친 적도 없는데 도둑질을 했다는 누명을 썼고, 억울한 나머지 극단적 선택을 한 것으로 추정되었다. 119 구급대보다 먼저 도착한 우리는 현장이 훼손되지 않도록 사체 곁을 지켰다. 생이 다했다고는 믿어지지 않는 차가운 주검 옆에서 우두커니 서 있자니 만감이 교차했다.

그녀의 마지막을 아무 연고도 없는 내가 지킬 줄이야. 창백했지만 얼마나 곱게 자랐을지 한눈에 알아볼 수 있었던 아이, 너무 고와서 일어나 보라고 흔들고 싶었던 아이는 말이 없었다. 목숨을 던지기 전에 나를 불러줬더라면 뭐라도 해 줄 수 있었을 텐데, 내가 할 수 있는 것이라곤 올라간 교복 치맛자락을 내려주는 것밖에 없었다.

요즘은 실습을 나간 경찰서가 초임지가 되지만, 예전만 해도 실습지와 발령지는 구분되었다. 실습생은 잠시 스쳐 가는 손님 정도로 여겨 존재감 없는 들러리 같았다.

통상 2인 1조 시스템에 추가로 실습생을 지원(3인 1조)하는데 급한 신고가 떨어지면 실습생은 순찰차 뒷좌석에 방치됐다. 한번은 앞 좌석으로 넘어와 차 밖으로 나온 적도 있지만, 최신 순찰차는 폭행 방지를 위해 가림막이 처져 있어 고립되면 아예 나올 수 없다.

내가 실습을 나간 N 지구대 대장님은 '실습생도 직원처럼' 온전히 한 사람 몫을 하게끔 근무일지를 짜주셨다. 즉 직원과 실습생이 2인 1조가 되어 현장을 뛰도록 조치했다. 무전 응답은 물론 근무일지 작성까지 모두 조원의 몫이었는데 부담이 큰 만큼 주체의식을 갖고 실습에 임할 수 있었다. 어깨너머로 넌지시 배우는 것과는 확실히 다른 체험이었다. 아니, 실전이었다.

현장에서도 방황할 틈이 없었고 내게 주어진 일을 해나갔다. 흰 천을 덮어주고, 사체 옆을 지켰고, 오해할 만한 발언은 일절 삼갔다. 119구급대를 도와 병원으로 후송시켰고 변사 발생보고서 작성도 지켜보았다.

공교롭게도 타인의 죽음 앞에서 나는 삶을 생각했다. 경찰관은 못 볼 걸 보는 직업이 아니구나, 가족도 지켜 주지 못한 마지막 순간에 가장 먼저 달려가 외롭지 않게 온기를 보태 주는 사람이구나 생각했다. 현장에 뿌려진 위험과 억울함과 사연들 안으로 시시콜콜 감정을 이입할 순 없지만, 어느 한 부분은 개입하여 내가 도와줄 여지는 있었다. 슬프지만, 이 위대한 일은 경찰관이기에 가능한 것이다.

오늘도 사명감으로 상처와 슬픔으로 얼룩진 현장에 기꺼이 뛰어든다. 새내기 실습생이든, 퇴직 한 달을 앞둔 선배님이든 피할 수 있다고 피한다면 경찰관이 아니다. 피할 수 있는데도 피하지 않아서 경찰관이다.

실습생 신분이었지만 경찰이라는 직업이 위대할 수밖에 없는 이유를 몸으로 배웠다. 내가 고개 돌리면 그 사람에게 아무도 남지 않는다. 누군가에게 마지막 끈이라는 심정으로 이 '업'을 받아들이고자 한다.

## 돈도 꿈이 될 수 있나요?

112 상황 팀장일 때다. 경무과장님께서 경찰관 직업 체험 특강 의뢰가 들어왔는데 내가 적격이라며 추천해 주셨다.

대부분 경찰관은 조직 내에서 동료 강사나 SPO(School police officer, 학교전담경찰관)를 제외하고 공식 석상에서 강의할 기회가 거의 없다. 추천도 감사했고 좋은 경험이다 싶어 흔쾌히 수락했지만, 책임감이 크게 느껴졌다.

학생들은 꿈의 갈림길에 서 있었다. 나로 인해 어떤 꿈을 꿀 수도, 뜨거운 꿈이 싱겁게 식을 수도 있다. 강의가 시작되는 날, 단정히 차려입은 정복 덕분에 다른 직업 체험 강사님들보다 환호를 받았다. 수십 개의 직업 체험 중 학생들이 경찰을 가장 선호해 추첨을 통해 한 반을 결정했다고 했다. 여경을 보고 신기해하는 세상은 아니지만, 제복에 대한 로망은 여전한 듯했다.

강사가 여경이라 그런지 여학생들의 참여와 열기가 뜨거웠다. 꿈은 꿈을 알아본다고, 누구의 가슴에서 꿈이 두근두근 뛰고 있는지 한눈에 알아챘다. 강의 내내 나에게서 눈을 뗀 적 없던 한 아이에게 자꾸 시선이 머물렀다. 처음에는 집중한다고 생각했는데, 눈이 마주친 순간 눈물 고인 눈망울이 가슴에 들어왔다.

저 아이는 무슨 사연이 있기에 저리도 절박한 눈으로

나를 쳐다볼까? 쉬는 시간에 K로부터 질문을 받았다. 자기는 무도선수가 되고 싶은데, 엄마가 힘들게 생계를 유지하고 계셔서 경찰에 합격해 경제적인 안정을 찾고 싶다고 했다. 순수한 꿈은 무도선수인데, 현실과 타협한 꿈은 경찰이라는 것이다. 방황하던 나의 모습이 아른거렸다.

그 후 2년이 넘도록 그 친구와 연락하며 지낸다. K는 내게 물었다. "돈도 꿈이 될 수 있나요?" 이 질문은 K에게, 그리고 나에게 던지는 확인이기도 했다. 주저 없이 대답했다. 물론 돈도 꿈이 될 수 있다고. 꿈의 길목에 있는 것이기도 하고, 꿈을 이루면 따라오는 것이기도 하다고 했다.

돈과 꿈의 상관관계에 대해 누구나 한 번쯤 고민한다. 돈은 곧 꿈이라고 말하면 왠지 불순한 느낌이고, 돈은 꿈의 반대라고 말하면 왠지 비현실적인 느낌이다. 여유로운 환경에서 돈 걱정 없이 공부하고, 꿈도 꾸면 금상첨화겠지만 우리는 대부분 그렇지 않다. 환경 탓으로 돌리면 부모님께 욕보이는 것 같아 그마저도 어렵다.

꿈 앞에 '순수하다'라는 의미가 무엇인지 아무도 모른다. 여유롭고 편안하게 '꿈'이라는 이상적인 목표만 쫓는다는 의미는 아니다. 시작이야 어떻든, 경찰이 되면 안정적으로 돈을 벌 수 있고, 그러면 불안하던 꿈도 점점 안정을 찾을 거다. K는 돈에 대한 원망이 아니라, 돈의 결핍으로 인해 흔들리고 방황하는 가족들을 바라보는 게 너무 힘들다고 했다. 결핍 때문에 내가 이 자리에 와 있듯이, 떨쳐 내고 싶은 오늘 덕분에 K는 꿈을 분명 이룰 거다.

지금 염두에 둘 것은 돈도, 주어진 환경도 아니다. 순수함을 논하기 전에 경찰이 꿈이라고 말하는 순간, 그 꿈이 얼마나 또렷이 현실로 다가오는지 직접 경험하기 바란다. 꿈 안에는 억울한 사연도 있고, 돈이라는 현실적인 목적도 있다. 좋아하는 것, 잘하는 것, 그리고 좋아하면서 잘하는 것만으로 설명해야 하는 순결한 꿈은 존재하지 않는다.


## 길 위에서

2006년, 지방에서는 이례적인 대기업 점거 농성이 이어졌다. 당시 경북청에서 근무하던 나는 경찰이 된 지 2년이 채 안 된 때였다. 죽창과 화염병이라는 것을 처음 목격했는데, 여성 시위자가 많아 여경이 최전방으로 나섰다.

근무 환경이 열악해 동원된 경찰들은 아스팔트 위에서 기동복 차림으로 며칠을 노숙하기도 했다. 오늘 못 잔 잠은 내일 자면 되니까 괜찮았다. 추운 겨울도 아니어서 따뜻하게 데워진 아스팔트의 온기가 썩 나쁘진 않았다. 신임 순경의 열정이 고작 여기서 무너지면 안 된다고 생각했다.

비가 억수같이 내리던 날, 건물 아래에서 근무하던 경찰관 머리 위로 물컹한 무언가가 떨어졌다. 본사를 점거하고 있던 시위자들이 대소변을 모아 던진 봉투였다. 비가 강물처럼 출렁거리고 노폐물이 그 위를 둥둥 떠다녔다. 그 이후로 김치나 쓰레기를 마구마구 내던졌다. 죽창보다 날카롭고 혐오스러운 흉기가 폭탄처럼 머리 위로 떨어졌다.

상황은 장기전으로 돌입했고, 경찰들도 지쳐 갔다. 교대 근무였지만, 인력도 한계가 있어 피로는 누적됐다. 밤낮 구분 없이 떨어지던 동원령, 대구에서 포항까지 한달음에 달려가야 하는 상황에서 나 역시 몹시 지쳐갔다. 당시 차가 없었던지라 불편했고, 소집 시간에 늦을까 봐 마음 졸였던 걸 생각하면 아직도 아찔하다.

그 핑계로 차를 사게 되었다. 이유야 어떻든 꿈에 그리던 차는 지친 피로까지 풀어 주었다. '아방이'라는 예쁜 이름도 지어 주고, 출동 명령이 떨어져도 아방이와 함께라면 든든했다. 아방이와 함께 길 위에 머무는 시간은 현실과 이상의 중간 선상이었다. 전쟁터를 방불케 했던 집회시위 현장에서 벗어난 길 위의 풍경은 평온했다. 어쩌면 나의 목적지는 현장과 집이 아닌 길 위가 아닌가 생각했다.

당시 대구, 포항 간 고속도로가 개통된 지 얼마 되지 않아 도로는 깨끗했고 차량이 거의 없었다. 밤인지, 낮인지 구분하기 어려울 정도로 밝은 조명 덕분에 밤은 포근했고, 나는 황홀했다. 순간 '헤드라이트를 꺼도 밝을까?' 호기심이 발동했다. 사실 그 넓은 고속도로를 전세 낸 마냥 주행하고 있던 터라 호기심은 행동으로 즉시 옮겨졌다.

순간 훤하던 고속도로가 암흑처럼 깜깜해졌다. 대낮처럼 환하던 도로는 오간 데 없고, 그 많던 가로등은 단체로 눈을 감았다. 주변이 밝게 비춰 줄 때는 내 안의 빛 하나쯤이야 하며 대수롭지 않게 여겼다. 아니, 아예 안중에도 없었다. 내 안에 무엇이 빛나고 있는지 들여다볼 생각을 못 했다.

아무리 세상이 밝게 빛난들, 내 주변을 아무리 밝게 비춰 준들, 내 안의 빛이 꺼지면 모든 건 어둠으로 뒤덮인다. 타인이 비춰 주는 조명은 스쳐 지나는 가로등 불빛에 지나지 않았다. 스위치가 꺼지면 여지없이 어둠을 맞이해야 하는 운명, 그래서 내 안에서 꿈을 켜야 하는 이유다.

꿈은 세상에 널려 있다. 다양성과 특별함을 갖춘 채 말이다. 그 숱한 꿈들이 아무리 멋지고 화려해도, 내 안에서 빛을 발하지 못하면 무의미하다. 내 안에서 켠 꿈이야말로 진정 나의 꿈이며, 세상을 헤쳐 나갈 정확한 등대가 된다.

## 멱살을 잡히면 답이 보인다

한번은 거쳐야 하지만 오래 머물고 싶지 않은 현장이 지역 경찰이다. 지역 경찰은 조직 내에서 가장 소외되고 가장 인정받지 못한다. 본서 내 갈 부서가 없으면 마지막으로 선택하는 곳이기도 하다. 힘들고 지치면 너밖에 없다며 찾아가도, 하루빨리 벗어나고 싶어 다시 경찰서나 청

단위를 기웃거리게 한다. 지역 경찰 근무 기간은 경력 대신 허비한 세월의 잔재처럼 비치는 현실 때문이다.

지역 경찰의 근무 환경이나 조직 내 대우도 나날이 좋아지고 있지만 부인할 수 없는 한계는 여전하다. 내가 근무할 때도 그렇고, 지금도 그렇지만 한 팀이 되어 근무하면 별사람을 다 보게 된다. 각자 개성을 가진 경찰관들이, 서로 다른 목표와 철학을 가진 채 팀워크를 이루는 것이 신기할 정도다.

날것 그대로의 삶이라 투박하지만 정겨워 지구대나 파출소에서의 지난 추억은 갈수록 진해진다. 나와 동료들, 그리고 주민들이 어울려 달콤하고 살벌한 이야기를 만들고, 풀어 갈 때면 한 편의 드라마가 된다. 정도 부딪히며 쌓이고, 욕도 함께 나눠 먹어야 제맛이란 걸 이제 안다.

높은 직위의 분들은 현장의 중요성을 강요한다. 현장의 목소리를 청취하는 데 목말라 있고, 어떻게 하면 좀 더 현실적으로 개선할까 고민한다. 현장과의 소통을 위한 다양한 정책과 이벤트를 마련하고, 대화 창구를 열기 위해 끊임없이 노력한다. 하지만 그 애타는 노력은 '현장을 몰라서 그래'라는 한마디로 종결되고, 일회성 행사로 사라진다. 아무리 좋은 정책도 하향식으로 이뤄지다 보니, 높은 분의 발령에 따라 정책의 생명도 좌지우지된다.

현장에 있는 우리는 말한다. 수십 장에 달하는 공문 대신, 함께 밤샘 근무를 하고 술 취한 사람에게 멱살 잡혀 보면 뭐가 문제인지, 해답은 무엇인지 바로 알 수 있다고. 조직 내 손과 발이 되는 지역 경찰, 손과 발이 없으면 아무리 명석한 두뇌도 무용지물이듯 현장이 제대로 살아 움직일 수 있는 대안이 지속해서 나오길 기대한다. 현장에서 울고 웃었던 이야기들은 '우리'라는 스토리로 잘 엮어져 결국 경찰 인생을 넘어 국민 개개인의 인생 안으로 스며든다.

## 예외는 없다

지하주차장에 세워둔 차량을 고의로 망가뜨린 사건이 발생했다. 도구를 이용해 의도적으로 창문을 망가뜨렸다. 피해자는 여자분이었는데, 주차하면서 공간이 여의치 않아 조금 삐뚤게 주차를 하니, 보복으로 차를 망가뜨린 것 같다고 했다. 산산조각이 난 유리 조각을 보고 놀란 피해자에게 출동한 경찰관은 말했다.

"아줌마, 블랙박스나 CCTV 영상 확보했나요? 바쁜 신고가 있어서 그러는데, 나중에 영상 확보되면 다시 신고하세요."

당시 사건의 피해자인 일명 '아줌마'는 바로 옆 지구대에서 근무하는 K 팀장님의 아내였다. 물론 출동한 경찰관들은 이 사실을 몰랐다. 굳이 알 이유도 없었다. K 팀장님은 가족의 일이라고 특별한 기대를 했던 것도 아니며 경찰관으로서의 기본을 기대했을 뿐이다. 하지만 실망스러운 태도와 언행에 상처를 받았다고 하소연했다.

물론 더 급한 112신고가 있었을 것이다. 추후 다시 신고하는 것이 현실적인 대안일 수도 있다. 하지만 우리가 만나는 그 흔한 아줌마는 누군가의 아내이자 엄마다. 중요한 것은 K 팀장님의 태도였다. 출동한 경찰관들을 탓하기 전에, 경찰관인 자신 자신을 되돌아보고 깊이 반성했다고 했다. 경찰관이 무심코 뱉은 한마디가 얼마나 큰 상처와 실망을 안길지에 대해서 말이다.

K 팀장님의 반성은 곧 나를 돌아보게 했다. 제복은 작업복에 불과한데, 마치 막대한 권한을 부여받은 양 으스대진 않았는지, 누군가에겐 평생 딱 한 번 있을 일이지만 내겐 대수롭지 않게 빨리 처리하고 싶은 '한 건'에 불과했던 건 아닌지. 제복만 벗으면 우린 국민이다. 경찰이면서도, 경찰의 도움을 받아야만 하는 국민이다.

# 112
# 종합상황실

세상은 멈춘 듯 고요했다. 고장이라도 났나 싶어 툭툭 화면을 친다. 밤도 잠이 든 틈을 타 CCTV가 하는 일을 넋 놓고 본다. 미동도 없는 줄만 알았던 화면이 세상이 움직이는 속도에 맞춰 조용히 돌아가고 있었다. 네모난 세상에 회색 먼지가 흩날렸다. 눈이었다. 그렇게 첫눈을 CCTV로 맞이했다.

112 상황 팀장으로 근무하며 흑백 CCTV를 들여다보는 버릇이 생겼다. 수시로 특이 동향을 점검하는 것도 업무 중 하나지만, 남몰래 시선을 고정하고 흑백 세상을 물끄러미 훔쳐보는 재미가 쏠쏠했다. 꽃이 피고, 눈비가 내

리고, 거미줄이 길게 휘날리다가 문득 사라진다.

어느 날, 경찰서 담을 넘는 자를 목격했다. 야밤에 겁도 없이 경찰서 담벼락을 말이다. 종종 주취자들이 볼일 볼 장소로 경찰서 마당을 넘본다고 했다. 월담도 모자라 노상 방뇨까지…… 웃을 수도 울 수도 없었다.

무전 세상은 얼굴은 없지만, 표정은 선명하다. 목소리를 통해 전해져 오는 감정들은 눈을 감고도 알 수 있다. 심지어 평소 근무 태도, 성격, 철학까지 엿보기도 하는데 신임이 오거나 그 신임이 여경이면 관심은 집중된다. 전화와 달리 공중파다 보니 더욱 조심스러운데, 그 기회를 활용해 신임들은 적극적으로 자신을 알릴 수도 있다. '저 직원 참 잘한다'라는 소문은 전파를 타고 멀리멀리 날아가는 법이니까.

무전은 생각보다 까다롭다. 음어라는 특정 언어를 사용하며 대화를 주고받지만, 듣는 이들을 편안하게 해 주는 목소리는 따로 있다. 정확한 발음은 물론 물 흘러가듯 리듬을 타는 것이 포인트다. 선배들이 알려 주는 꿀팁이 있다면, 우선 무전에 귀 기울이고, 말하고자 하는 내용을 적어 소리 내 연습하는 것이다. 귀에 익고, 입에 익을 때까지 무한 반복해야 한다.

상황실에서 함께 근무했던 S 반장님은 상황실 근무 경력만 5년이 넘는데 '베스트 무전상'을 매일 받아도 부족하지 않을 만큼 최고의 실력을 자랑한다. 그분의 무전을 듣고 있자면 편안하다 못해 믿음이 간다. 중요 공지사항은 미리 초안을 작성해 차분하게 송출하는데, 어떤 상황에서도 흥분하거나 경솔하게 말하는 적이 없다. 현장의 컨트롤 타워 역할을 하는 상황실에서 던진 말 한마디가 얼마나 큰 파장을 미칠지 아는 까닭이다.

무전도 계속하면 늘기 마련인데, 상황 팀장은 중요 신고 외에는 무전을 잡지 않다 보니 할 때마다 긴장이 된다. S 반장님처럼 종이에 적어서 연습하고, 아이들 놀이용 마이크를 붙잡고 소리 내 연습해 보지만 어렵다. 그래도 연습을 통해 익숙해지고, 익숙해진 후 자신감을 가지면 더 잘할 수 있다. 숙달된 무전 솜씨만큼 현장을 정확히 이해하고 상대방을 배려하는 마음마저 갖추면 금상첨화겠지만.

## 절호의 기회, 골든타임

교대 근무지만 찬바람 맞으며 떨지 않아도 되는 112 상황 팀장을 지원했다. 민원인과 직접 부딪힐 필요가 없어 매력적인 보직이다. 하지만 찬바람과 대면 업무만 없지 현장과 다를 바 없었다. 현장에서 발로 뛰지만 않을 뿐, 마치 높은 건물 위에서 내려다보듯 큰 그림을 그리고 빠르게 대처해야 했다.

112 상황실은 컨트롤 타워다. 현장과 통하는 유일한 핫라인이자, 현장을 움직이는 보이지 않는 손이다. 현장에서는 목전에 놓인 현상에 집중하느라 전체를 보기가 쉽지 않다. 전체 그림을 보고 행여 놓치는 건 없는지 살펴보는 눈이 112 상황실이다.

드라마 〈보이스〉는 유례없이 112 신고센터를 배경으로 했다. 드라마가 방영되고 나서 몇 통의 전화를 받았는데 여주인공인 K 센터장이 나와 닮았다는 것이었다. 여자 주인공은 젊은 여자 경감인데다 당시 상황 팀장을 하고 있던 나와 비슷하다고 했다. 그러면서 모양새 나는 헤드셋도 착용하고 지령하는 게 맞는지 궁금하다고 물었다.

드라마를 챙겨 볼 여유가 없어 대수롭지 않게 넘어갔다. 하지만 가족들의 관심에 못 이겨 드라마를 한번 봐야겠다고 생각했다. 여유가 생겼을 때는 이미 종영된 터라 다시 보기를 통해 드라마를 접하며 얼마나 심취했는지 모른다.

모양새 나는 헤드셋은 신고 접수를 전담하는 지방청 112 신고센터 외에는 착용하지 않는다. 지령 요원 한 명쯤은 필요할 수도 있지만, 일선 112 상황실에서는 무전 외에도 현장과 실시간 교류해야 하는 만큼 헤드셋을 벗을 일이 더 많다.

〈보이스〉 중 재미와 현실성 여부를 떠나 가장 와 닿았던 부분이 바로 K 센터장이 만든 '골든타임팀'이었다. 또 '조사팀'이 가장 부러웠는데, 말만 하면 실시간 사건 관련 정보를 신속히 캐내 사건 해결의 실마리를 제공하는 모습에서 대리만족을 느꼈다. 위치 추적이야 실시간 가능하지만, 전원이 꺼져 있거나 지하에 있는 경우는 추적하는 데 한계가 있다. 특히, 위치 추적이 어려울 때 통신 수사를 진행하는데 법적 절차를 따르다 보면 시간은 지체된다.

골든타임팀은 현실과 괴리는 있지만 필요한 팀이다. 사건 발생 직후 일정 시간 안에 살아 있는 피해자를 구할 수 있는 절호의 기회를 골든타임이라 한다. 3분, 5분, 10분까지 사건마다 골든타임은 다르지만 분명 지켜야 하는 시간이다. 골든타임은 통상 코드제로, 즉 다른 신고보다 앞서 최우선으로 출동해야 하는 긴급 신고에 해당한다. 112신고는 총 5개의 코드로 분류되는데 긴급성 및 조치 우선순위에 따라 코드 0부터 코드 4까지 나뉜다. 신고가 연이어 떨어질 경우를 대비한 것이다.

게다가 코드별 접수 벨 소리도 다르다. 코드제로는 시스템 전체가 붉은 테두리로 요란스럽게 울릴 뿐만 아니라, 벨소리가 마치 현장에서 '살려 주세요'라고 외치는 목소리를 쏙 빼닮았다. 반면 코드 4는 현장 출동 없이 상담으로 마감하는 신고지만, 추후 신고가 다시 접수될 경우 코드가 격상될지 모르기에 참고로 알아야 한다.

코드제로 건은 촌각을 다투는 신고로 편의점 강도 등 강력 사건 외에도 신속 출동이 요구되는 뺑소니 사고, 가정폭력, 납치 의심 건에도 발동한다. 112 상황실에서도 코드제로 건은 팀원 모두가 합심하여 일사불란하게 처리한다. 무전과 유선 전화, 상황 보고, 현장 장악, 공조 요청, 지휘 보고 등 동시다발적으로 처리할 일들이 수두룩하기 때문이다. 긴급 사건이 발생하면 초시계 바늘의 움직임까지 고스란히 느껴진다. 현장에 가 보면 코드제로 건이라고 말하기 어려운 경우도 허다하다. 하지만 그 누구도 현장에 도착하기 전까지는 상황을 장담할 수 없다.

## 도와줘요, 번개맨

새벽 4시쯤, 편의점 강도 사건이 발생했다. 코드제로 사이렌은 고요하던 새벽이 떠나가도록 울려 퍼졌다. 심장이 두근두근, 일 년이 지나도 적응하기 힘든 소리다. 관할 불문하고 관내 순찰차를 모두 출동시켰다. 형사팀은 물론 인근 강남서에도 공조를 요청했다. GPS를 보며 출동 상황을 예의주시했다. 현장에서도 애간장이 타겠지만, 그에 못지않게 상황실에서도 일분일초가 급하다.

3초마다 순찰차의 위치가 다시 드러나는데, 눈 한 번 깜빡일 때마다 현장을 향해 쏜살같이 달려가는 걸 보고 전율을 느꼈다. 강남서 기동순찰대는 자기 관내가 아닌데도 번개처럼 달려왔다. 수십 대의 순찰차가 신속 정확하게 출동하는 위엄을 보였고, 현장 주변은 삽시간에 순찰차로 포위됐다. 3분이라는 골든타임 안에 든 것이다.

피의자는 도주했지만 다음 날 형사팀에서 잠복 수사 끝에 검거했다. 피해가 가볍더라도 흉기가 등장한 사건이었다. 신속한 검거 덕분에 모두의 불안을 잠재웠다. 마치 황홀한 꿈을 꾼 듯, 며칠이 지나서까지 현장을 향해 모두가 한달음에 내달리던 행렬이 지워지지 않았다. 상황실 대형 모니터에 순찰차 모양의 아이콘이 3초마다 모여드는 모습 말이다. 아무리 주어진 책무라지만, 그렇게 빨리 달려 가는 경찰은 정말 멋있었다.

기동순찰대는 지구대나 파출소와 달리 관할이 없고, 해당 경찰서 내에서는 어디든 신속하게 출동할 수 있도록 기동력을 갖춘 조직이다. 기동순찰대는 범죄에 취약한 야간근무만 전담했는데, 코드제로와 같은 긴급한 현안 외에 평상시 어떻게 팀을 운영할지에 대해 의견이 분분했다. 지구대나 파출소 인원을 감축하고 신설한 팀이다 보니,

곳곳에서 불만이 제기되어 일부 서를 제외하고 기동순찰 대는 폐지되었다.

상황 팀장으로서 기동순찰대 폐지 소식이 참으로 안타까웠다. 드라마 속 골든타임팀을 기대한 건 아니지만, 언제 어디서든 달려가 도와주는 번개맨은 꼭 필요하다.

## 심리적 미련

기다렸다는 듯 쉴 새 없이 떨어지는 신고, 흥분이 넘쳐나는 녹취 파일, 이것저것 알려달라 아우성인 전화벨, 전파 내용을 내뱉는 팩스까지 다급하고 중요한 상황은 112 상황실로 집결된다. 누가 말했다. 상황실이 대형마트도 아니고, 할 거 안 할 거 다 한다고. 그만큼 112 상황실은 치안 상황의 종합세트다.

112 접수 요원 J 경사는 지방에서 근무 중이다. 수많은 신고를 접수하지만, 경찰도 사람이라 마음이 아플 때가 많다고 했다. 가정폭력 신고는 다른 신고보다 코드제로를 떨어뜨릴 때가 많은데, 전화기 너머로 들려오는 아이들 울음소리를 들으면 절로 눌러진다고 했다. 얼마나 불안하

고 무서울까 생각하면 일 초도 지체할 수 없었다.

모든 신고가 상황실로 통하다 보니, 신고 내용을 유심히 보고 있자면 만감이 교차한다. 다양한 사연들이 오해를 넘어 이해로, 혹은 오해가 사건으로 이어지기도 한다. 대부분 좋지 않은 이유로 경찰관을 찾지만 그 안에 이따금 '정'도 있다. 딩동! 주취자 신고가 접수되었다.

긴급 상황은 아니고요. 갑자기 경찰관들이 깨우면 놀라실 수 있으니 잘 부탁드립니다. 마음이 아프네요. 개포동 주택가.

문자 신고였는데 신고자의 따뜻한 마음이 그대로 읽혔다. 이런 신고는 보고만 있어도 마음이 훈훈하다. 신고자가 이리도 정중히 부탁하는데, 마구 흔들어 깨울 수는 없는 노릇이다. 어쩌면 국민의 한마디에 경찰도 조금씩 성장한다. 요즘 같은 세상에 사람을 사람으로 대접하는 마음이 참 귀할 뿐이다.

이럴 땐 일이 일로만 다가오지 않고, 삶으로 다가온다. 소소하지만 이런 여운들을 가슴에 자주 들여야 마음이 굳어지지 않는다. 교감은 세상을 지키기도 하지만, 경찰관의 지친 마음을 일으켜 세우기도 한다.

강력 사건보다 치매 노인, 실종 아동, 가출인, 자살 기도자와 같은 신고가 급증하면서 112 상황실의 책임감도 무거워진다. 담당 부서인 여성·청소년 수사팀에서 수색과 수사를 전담하지만, 최초 신고를 접수한 상황실도 나름의 방식으로 수사에 노력을 기울인다. 주어진 정보는 한정적이지만, 공조와 동시에 행적을 추적하고 어느 범위까지 수색해야 할지 등 일차적 판단을 내린다. 해결되지 않은 미귀가자 신고가 있으면 밤샘 근무 후 퇴근길이 개운치 않다.

그러다 미귀가자가 변사로 발견되기라도 하면 할 말을 잃는다. 우리는 말한다. 경찰이 할 수 있는 조치는 다 했다고, 그래서 문제는 없다고. 절차상 하자도 없고, 뭐 하나 놓친 것도 없어서 걱정할 거 없다고 말이다.

'그만하면 됐어, 할 만큼 다 했어.'

하지만 끝내 미련을 버리지 못한다. 정말 최선을 다했는가? 단 한 가지 아쉬운 게 있다면, 내 가족을 찾는 심정으로 진심으로 찾지 못했다는 점이다. '내 가족처럼'이라는 기준은 위험한 잣대다. 우리는 다음 신고, 또 다음 신고를 처리해야 한다. 그렇게 쉼 없이 경찰을 찾는 사람들에게 무엇을 보답해야 하기에, 가족 같은 마음을 품었다가도 뱉어 내야 하는 현실이다.

그래도 희망은 있다. '정말 내 가족을 찾는 마음으로 최선을 다했는가?'라는 질문을 스스로 던지는 경찰관들이 아직도 많기 때문이다. 심리적 미련이란 경찰관들의 보이지 않는 마지막 조치가 아닐까?

# 정보과

"선배님, 꿀 보직은 어딘가요?"

몇 달 전 간부 후보 실습생 중 한 명이 질문한 내용이다. 단어 그대로 해석하면 달콤하고 편안한 자리쯤 될 텐데, 지금까지의 경험으로는 "글쎄……"라는 답 밖에는 줄 수가 없다. 한 번도 꿀 보직을 경험하지 못한데다 그 어디도 만만한 곳이 없었다.

사실 '꿀 보직'이라는 말에 적잖이 당황했다. 내 안에 그런 단어를 품고 살지 않은 것도 있지만, 실습생 처지에서 나올 법한 질문도 아니었기 때문이다. 경찰 일이란 하면 할수록 어렵고, 배움도 끝이 없다.

나 역시 신임 때는 최소한 정보과나 보안과는 다른 부서보다 편안한 무언가가 있을 거란 생각을 한 적이 있다. 정보관들은 사복 정장을 말끔히 입고, 사회적 지위가 있는 분들과 접촉한다. 베일에 싸여 무슨 일을 하는지는 정확히 모르지만, 수당도 많고 주취자와 실랑이하지 않아도 되는 점은 확실히 강점인 듯했다.

하지만 정보과에서 4년 넘게 근무하면서 그런 생각 자체를 날려 보냈다. 확실히 사복 정장 수는 늘었지만, 선망하던 만큼 현실은 달지 않았다. 같은 경찰이라고 해도 어떤 부서든 직접 경험하지 않으면 실상이나 내막은 알기 어렵다. 요즘도 정보과 입성은 쉽지 않다. 나 또한 부속실을 거치지 않았다면, 진입이 어려웠을 것이다. 일선 서 경험 없이 한 번에 지방청 정보과로 입성한다는 것은 여전히 어렵다.

타 부서도 마찬가지지만, 정보과는 사람을 뽑아 쓸 때 경력 여부를 최우선으로 본다. 정보과면 정보 경험이 있는 사람을 발탁한다는 뜻이다. 당시 경찰 경력도 미천한 내가 정보 경력이 있을 리 만무했지만, 부속실에서 글을 쓴 경험은 조금이나마 도움이 되었다. 경북청을 떠나 서

울청으로 온 나는 아는 사람 하나 없었지만, 과거의 정보 경력은 시공간을 초월하여 다시 정보 업무를 할 수 있도록 도움을 주었다.

경력은 '처음'이 있고 난 뒤에 생기는 단어다. 즉 사후적으로 생산되는 개념이다. 처음이 있어야 경력도 생기는 법, 누구에게나 처음은 단 한 번 주어진다. 그 처음을 열고 들어가지 못하면 다음은 없다. 한 번이 어렵지 두 번은 생각보다 쉽다. 경력이 조금 더 수월하게 길을 터 주기 때문이다.

처음 문을 여는 것도 중요한데, 처음이 열리고 나서 다음을 위해 최선을 다해 걸어가는 것은 더욱 중요하다. 우연에 의해 시작되더라도, 어떤 경로에 의해서든 문이 열렸다면 다음 몫은 자신의 노력에 달려 있다.

## 기획정보

기획정보란 사회적으로 도출된 각종 문제점을 발굴하고, 대책 및 제언을 수집해 개선하는 업무다. 정보 업무 중에도 경제반, 채증반, 신원반 등 업무가 세분화되어 있지만, 그 중에서도 기획정보는 현장과의 직접적인 접촉보다는 주로 보고서로 대변한다.

보고서마다 주제나 현안, 문제점 등이 천차만별이다 보니 공부해서 하나를 작성하고 나면 또 다른 주제가 떨어진다. 작성한 보고서는 공들인 만큼 어떻게든 재활용하고 싶지만, 세상이 급변해 내 손을 떠나는 순간 역할도 다한다.

기획정보 업무가 힘든 이유는 마감 시한이 정해져 있다는 것이다. 정보 보고서는 정보 사용자들이 필요로 하는 시점을 넘기면 모두 휴지 조각이 되기에, 보고 시한이 생명이다. 이런 점에서 기자들과 진배없다. 데드라인이 정해져 있어서 그 시한을 맞춰야만 고생한 보람을 얻을 수 있다.

당시에는 방광염에 걸릴 정도로 시간에 쫓기며 살았지만, 덕분에 주어진 시간 내에 일을 마치는 좋은 버릇이 생겼다. 아직도 무슨 일을 부여받을 때면 "언제까지 해야 하나요?"라는 말이 습관처럼 나온다. 어떤 시간이 주어져도 그 안에 맞추겠다는 의지인데, 시간이 많으면 자료 수집에 더 투자하고 시간이 부족하면 핵심 위주로 간추리고 본다.

기획정보가 좋았던 이유는 이름 석 자 걸고 출처를 명백히 밝히는 투명함이 마음에 들었기 때문이다. 보고서를 쓸 때 머리말에 소속과 이름은 필수다. 잘 쓴 보고서는 나를 그대로 드러내는 일이기도 하다. 특히 어떤 내용을 인용할 때 출처를 밝히는 일은 매우 중요하다. 아무리 가치 있는 정보라도 출처가 없으면 인터넷에 떠도는 무가치한 정보로 오인당하거나, 유언비어로 치부되기 일쑤다. 한 줄의 문장도 책임을 지겠다는 각오로 임해야 한다.

정확한 사실관계를 확인하는 작업은 덤이다. 막연히 주위들은 내용을 검증 없이 인용했다가는 낭패를 본다. 출처 공개나 내용의 정확성은 그 보고서의 신뢰도를 좌우한다.

보고서를 쓰는 기술이 뛰어나다고 해도 다양한 인적 네트워크가 없으면 한계에 부딪힌다. 공개 정보의 중요성이 날로 높아지지만, 여전히 비공개 정보의 숨은 가치는 이루 말할 수 없다. 통상 해당 분야의 전문가나 식자층의 고견을 듣고 개선책을 마련하는 경우가 많은데, 각양각색의 보고서에 걸맞은 전문가를 찾아내기란 쉬운 일이 아니다. 전화나 메일 등 비대면 접촉을 통해 정보를 수집하기에 원하는 정보를 끌어낸다는 건 참 어렵다.

기획정보 경험을 통해 배운 팁이 있다. 우리가 원하는 '현명한 답'을 듣기 위해서는 '현명한 질문'이 전제가 되어야 한다는 점이다. 같은 질문지를 갖고도 전혀 다른 방향의 보고서를 쓰는 건 이 때문이다. 질문에 따라 다른 결과를 얻는다는 뜻인데, 답을 들으면서 의문이 들면 질문이 이어져야 한다. 마치 기자들이 취재하듯 캐묻는 방식인데, 다소 공격적으로 비치더라도 예의를 다해서 공손하게 물어야 한다. 정답은 아무도 모른다. 정답에 가까운 답을 찾기 위해 노력할 뿐이다.

## 특진의 속사정

나름 기획정보가 체질이었던 이유는 좋아하는 글쓰기를 원 없이 한 데 있었다. 형태는 다르지만, 보고서 역시 생각을 글로 표현하는 일이다. 키보드에 손을 얹기 전에 머릿속으로 보고서의 틀을 잡는 연습, 걸어 다니면서도 밥을 먹으면서도 쉬지 않고 머릿속으로 타자를 두드렸다. 좋아하는 일이었기에 그에 수반된 고통까지도 즐길 수 있었던 시간, 좋아하는 일이 잘하는 일로 확장되면서 그해 연말 경사 특진이라는 보상이 뒤따랐다.

특진 평가 방식은 보고서 가치에 따라 상급기관에서부터 부여받은 점수를 합산, 최고 득점자를 선발하는데 계급 등 안배 논리에 의해 최종적으로 결정하는 방식이었다. 하지만 특진 결과가 나오자 내가 발버둥 쳤던 노력은 오간 데 없고, 모 직원은 운 좋게 남의 공을 가로챈 거 아니냐는 우회적인 글이 올라왔다.

돌이켜 생각해도 부끄럽지 않다. 누구나 열심히 하지만, 나 역시 '열심히' 하는 거로 따지면 지지 않는다. 도와주는 분들에게 기대 무임승차할 생각도 없었고, 지방청 기획정보 부분에서 업무 평가 1위를 차지하며 노력을 증명하기도 했다.

생애 처음이자 마지막 특진, 나는 인생의 또 다른 일면을 배웠다. 승진 시험은 떨어지면 부족했던 공부나 근평 등 연유를 추측할 수 있지만 심사나 특진은 스스로 떨어진 이유를 납득하기 어려운 구조다. 능력이나 실력은 비슷한데 안배 논리에 의해 결과가 달라지기도 하므로 떨어진 사람들에게 심적 부채가 남는다.

그럼에도 후배 경찰관들은 시험은 물론 특진 같은 또 다른 길을 염두에 두고 살았으면 한다. 물론 주변 환경, 분위기, 동료들의 도움, 운, 실력 등 다양한 요소가 맞아떨어져야 가능한 일이지만, 꿈이 있는 곳에 새로운 길이 열리는 법이다. 특진이라는 경력은 내가 어떤 경찰로 살아왔는지를 대변해 준다. '특진'이라는 단어가 많은 이야기와 힘겨운 과정을 품고 있기 때문이다. 하지만 특진은 상사나 동료들의 지지와 응원 없이는 절대 불가능하다. 나 하나 잘났다고 해서 해낼 수 있는 일이 아니다.

## 글은 세상을 움직인다

경찰로서 나의 '처음'은 호락호락하지 않았다. 동료들은 모두 경찰대 출신인데다 능력이 출중한 사람들로만 모여 있었다. 출신, 경험, 연륜, 역량까지 모자람이 없었다. 무엇보다 정보 경험이 없다는 것은 스스로를 작아지게 만들었다.

힘들게 시작한 이상, 대충할 수 없었다. 일과 중에는

오롯이 보고서를 치는 데에 집중했다. 10쪽 분량의 보고서를 서너 건만 작성해도 하루가 모자랐다. 퇴근 후에는 일선 서에서 올린 보고서를 출력해 집으로 가져갔다. 보안을 생각하면 결코 해서는 안 되는 일이지만, 출력물을 읽고 가치 있는 정보를 추린 다음 최소한 초안을 잡고 가야 다음 날의 업무가 무난히 진행됐다. 그런데도 엉덩이 뜰 새 없이 바빴다.

남들은 모르는, 나만 아는 수면 아래에서의 발버둥도 끝이 있었다. 그렇게 6개월을 넘긴 어느 날, 나는 자신감이라는 한 줄기 빛을 얻었다. 어떤 과제를 줘도 겁먹지 않고 뚝딱뚝딱 쳐내는 나를 발견한 것이다. 발버둥의 끝을 보기까지, 남몰래 연습한 덕도 있지만 무한한 믿음으로 응원해 준 상사와 동료들이 있었기에 가능했다. 당시 나의 경험이나 역량은 턱없이 부족했음에도 흐릿한 가능성을 믿고 내 숨은 재능을 끌어내 주신 분들이다.

"사람이란 논리적인 글과 감성적인 글을 둘 다 잘 쓰기 어려운데, 신모는 둘 다 잘 써. 훌륭한 경찰, 유능한 정보관이 될 수 있어."

나도 내 안에 무엇이 들어 있는지, 내가 어디까지 해 낼 수 있는지 모르는데 이 한마디는 내 안에 싹을 틔웠다. 내게 '꽃'이라고 불러 주는 순간, 나는 꽃이 될 수 있다는 믿음이 생긴 것이다. 지금도, 그분들에게 사무치도록 감사하며 산다.

나는 글로 세상을 조금이나마 움직이는 법을 배웠다. 세상을 변화시키기 위한 미약한 '한 줄', 그 한 줄이 보고 서의 힘이다. 일개 정보관인 내가, 내가 쓴 보고서가, 세상에 얼마나 큰 도움이 될까 싶기도 하지만 최소한 보고서를 쓸 때만큼은 그런 자부심으로 임했으니 거짓은 아니다.

# 교통과

오랜만에 남편과 함께 자유를 얻은 날이다. 외식이라도 할 겸 나섰는데, 연휴를 앞둔 탓에 차가 유독 막혔다. 들뜬 마음은 차치하고 괜히 나섰다는 마음이 스멀스멀 올라왔다. 남편이 유턴하려고 대기 중이었는데, 신호가 바뀌어도 움직이질 않았다.

"여보, 직신호 시 유턴이라고 되어 있잖아. 왜 안 가?"

"엥? 적신호라고 되어 있는데. 그래 놓고선 자기는 분명 제대로 지켰다고 우긴다니까.

순간 얼굴이 달아올랐다. 사실 '적신호'는 있지만 '직신호'라는 표현은 쓰지 않는다. 정확하게 '직진 신호 시'라고 표현하면 모를까. 조금이라도 빨리 가고자 했던 마음이 투영된 탓이려나, 이 착시 현상을 통해, 민원인들의 보편적인 항의 패턴을 답습하자 이해의 영역이 확장되기 시작했다. 누구나 해 본 적 있는 급하다는 사정, 실수로 표지판을 잘못 봐서 착각했다는 변명까지. 나 역시 제복을 벗으면 민원인으로 돌아간다는 사실, 운전대만 잡으면 갈팡질팡 헤매는 전형적인 아줌마라는 사실을 직시하자 이해는 부끄러움으로 이어졌다.

물론 경찰 처지에서 민원인들의 구구절절한 하소연들을 이해해도 뾰족이 해 줄 수 있는 건 없다. 법과 원칙을 넘어 이해의 범위에서 내줄 수 있는 따뜻한 말 한마디는 가능하겠지만 말이다. 민원 접점 부서에 있다 보니 민원인들의 마음이 더욱 가까이 느껴졌다.

## 법대로 집행할 수밖에요

남편은 운전을 꺼린다. 운전대만 잡으면 날아오는 나의 잔소리 탓이다. 깜빡이를 안 켠 것, 실선에서 차선변경 금지까지 죄다 간섭이다. 소소한 교통법규까지 지킬 것을 강요하니 이젠 알아서 안전하게 운전한다. 사복 입은 교통 경찰을 옆에 태우고 다니는 부담감이란 얼마나 무거울까?

아는 만큼 보인다고, 내가 교통 업무에 발 담을수록 신호등, 교통표지판은 물론 노면 표지까지 살아 움직이는 것 같았다. 교통과 발령 전까지는 범칙금과 과태료도 구분하지 못했던 내가 표지판을 읽어 가며 운전을 하다니 신기할 노릇이다.

이 모든 건 매일 처리하는 과태료나 공익신고 덕분이다. 하는 일이 어디서 단속되고, 어떻게 단속되는지를 목격하는 일이다. 공익신고는 국민신문고(사이트)나 스마트 국민제보(앱)로 접수되는데, 수서의 경우 평균 1일 50건이 접수된다. 투철한 사명감이 있는 신고자도 있고, 주행 중에 서로 양보하지 않아 감정이 상해 신고하기도 한다.

예전에는 교통경찰이 도로에만 서 있어도 고개를 돌리고 피해 갔는데 요즘은 국민의 눈이 더 무섭다. 주변 운전자들이 모두 감시자가 된다. 게다가 신고처리 결과는 정보공개 청구 절차를 통해 고스란히 밝혀지기에 사심이 개입될 여지가 없다. 그런데도 국민은 경찰에게 막대한 권한이 있는 양 봐 달라고 사정한다. 이런 것쯤이야 별것도 아닌데 왜 단속하느냐고, 공익신고 같은 쓸데없는 걸 만들어서 신고만 양산한다고, 결국 이 모든 건 국민 혈세를 뜯어먹기 위한 것이라고.

공익신고 담당자인 B 반장의 별명은 '법과 원칙씨'다. 국민의 비난이나 원망이 두려운 게 아니라, 최소한 법을 집행하는 경찰관으로서 원칙과 소신을 바로 세워 일하겠다는 각오를 대변하는 별명이다. 대신 스스로에게는 물론 동료들에게도 엄격하다. 함께 근무하는 파트너가 공익신고를 당했는데도 눈 하나 깜짝하지 않고 "납부하세요"라고 말하는 위인이다.

법 집행에 있어 '예외'란 누군가에게는 선의지만, 누군가를 제외한 모두에게는 악의가 된다. 그런 원칙이나 소신이 없으면 절대 이 일을 할 수 없다. 휘둘리고, 흔들리다 결국 넘어진다. 피단속자들은 말한다.

"제발 한 번만 봐주세요. 벌점 없는 거로 좀 끊어주세요. 다른 사람들은 봐주면서. 경찰은 할 수 있잖아요."

"경찰은 힘이 없어요, 법대로 집행할 수밖에요. 뭐라도 해 줄 수 있는 여지라도 있으면 좋겠네요."

그래도 국민은 경찰을 의심하고 원망한다. 그만큼 경찰이 생각하는 경찰과 국민이 생각하는 경찰은 견해차가 크다. 결코 만날 수 없는 평행선처럼 걸어가지만, 투명한 세상은 서로를 들여다보게 한다. 베일에 갇혀 방망이를 휘두를 수 있던 시대는 지났고, 국민이 경찰을 감시하는 세상이다.

하소연도 좋고, 분풀이도 좋다. 다만 위반은 과실이었지만, 신고는 고의라고 주장하지 않았으면 좋겠다. 위반은 불가피한 상황이었지만, 단속은 피할 수 있는 거라고 말하지 않았으면 좋겠다.

"개인적으로는 정말 죄송하고 안타까워요. 하지만 경찰관으로서는 어쩔 수가 없어요."

## 민원 응대의 어려움

경찰이 기피하는 부서의 영순위는 민원응대 부서다. 현장에서 112신고를 처리하는 지역 경찰, 고소·고발 사건을 처리하는 수사 민원, 과태료, 공익신고 등 교통 민원을 처리하는 교통관리계까지를 포함한다. 경찰 업무 중 대부분이 대민 응대지만 부서마다 응대의 차이는 있다.

요즘은 고압적인 자세로 권력을 오용하는 경찰을 찾아보기 어렵다. 하지만 업무의 특성상 수사, 형사, 교통 단속 부서에서는 무조건 친절할 수만은 없다. 모든 사건은 피해자가 있으면 가해자가 있고, 단속자가 있으면 피단속자가 있기 마련이라 어느 쪽에서 사건을 바라보느냐에 따라 공정과 신뢰, 친절의 개념이 달라진다. 중립이라는 개념도 보는 이의 관점에 따라 지극히 주관적일 수 있기 때문이다.

예전에는 민원실 근무를 선호했다. 특히 아이들 키우기 좋다는 이유로 여경이나 여자 행정관들이 주로 근무했다. 정시 출퇴근에 잔무가 거의 없는 것은 큰 장점이다. 당직 외에는 긴급출동이나 대기 현안이 없지만 단순 민원 처리는 일부에 불과하고, 과태료 체납이나 예금 압류, 번호판 영치 등 민원 유발성 업무 비중이 갈수록 늘고 있다. 대부분 여자만 근무하고 있어 민원실은 화풀이 대상이 되고 있는데, 조금이라도 불만이 있으면 삿대질에, 욕설까지 곁들인다. 이 모든 건 월급에 포함되어 있으니 참자며 애써 누르다가도, 초과 수당도 없이 기본 월급으로 생활을 연명하는데 이 정도 욕은 과한 거 아니냐며 억울함을 호소하기도 한다.

교통관리 계장으로 발령받은 후 인사 때마다 고충을 겪었다. 공익신고 담당자가 발령이 났고, 나는 후임을 구하고자 백방으로 물색했다. 직접 전화를 돌리며 의사를 묻고 또 물었는데, 남자들은 콧방귀도 안 뀌는 눈치다. 남자가 하기에 조잡한 일인데다 수당도 적고 욕만 먹고 굳이 안 가고 싶다는 뜻이었다. 결국 기동대에서 갓 발령 난 순경을 후임자로 정했다. 시간이 촉박해 전화 한 통으로 추천받고, 전화 한 통으로 신상 파악을 끝냈다. 감축 대상이던 인원을 고수한 것인데 사람 뽑을 시간을 전혀 배려하지 않았다.

L 순경은 한 달 쯤 지나 겨우 적응하나 했는데 표정이 갈수록 어두워졌다. 육아 문제로 가정이 편치 않은 분위기였다. 업무량이 많나? 민원처리가 부담스럽나? 동료들과 적응하기 힘든가? 한참이나 고민하며 살펴보았다. L 순

경은 결국 육아휴직에 들어갔다. 남자라고 육아휴직을 하지 말라는 법은 없는데 차마 생각하지 못했던 내 불찰이었다. L 순경은 휴직 중에 사직서를 제출했다. 그렇게 내 생에 첫 인사를 멋지게 실패했다.

그 후 인사 때마다 사람 구하느라 애를 썼다. 내근 자리나, 서무 자리는 승진이나 자기 발전의 기회로 삼을 수 있지만 민원실은 정시 출퇴근 외에 매력이 없다. 게다가 민원실이 아니더라도 정시 출퇴근은 웬만한 부서에선 자유롭게 하는 분위기여서 그 하나의 매력마저 빛을 잃어 지원자가 없다.

물론 기피 부서는 사람마다 다를 수 있다. 성별에 따라, 자신이 추구하는 목표에 따라, 처한 처지나 가정환경에 따라 더 유리한 방향으로 부서를 결정할 뿐이다. 처한 환경이 팍팍할수록, 하는 일이 고될수록 어디든 편한 데가 없다고 느낀다. 나만 힘든 것 같아도 경찰이 하는 일이 시민과 맞닿지 않은 곳이 없고, 그 맞닿은 곳에서 갈등과 상처가 꽃피지 않을 수 없다. 그래서 특정 부서는 먹고 논다, 편하다는 생각은 접었다. 그 부서 안에서 울며 웃으며 근무해 보기 전까지는 기피 부서도, 선호 부서도 존재하지 않는다. 무엇을 위해 그곳을 선택했든, 내가 가는 길 안에서 행복을 찾아야 한다.

## 진심 감경제도

어린이보호구역 신호위반, 과태료 13만 원 부과. 택시 기사님이 떨리는 두 손으로 고지서를 들고 오셨다. 이의신청을 위해 도로상황, 거리, 신호체계, 제동거리 등 나름 철저한 분석을 마치고 방문하셨다. 시설반도 들렀고, 이미 담당자의 설명을 여러 차례 들은 상황이었기에 자기 뜻을 굽히지 않으셨다.

"온종일 뛰어봐야 21만 원을 버는데 기름값 6만 원, 노후 타이어 교체에 14만 원이나 줬다. 그러면 하루 장사 공치는 건데, 과태료까지 13만 원이면 어떻게 살라는 거냐!"

통합민원실은 트여 있는 공간이어서 한쪽에서 조금만 소란스러워도 전체로 울린다. 같은 이야기가 반복되면, 그건 분명 소음이다. 그래서 나섰다.

"선생님의 이야기는 분명 일리가 있어요. 현실적으로

개선이 필요할 수도 있고요. 다만, 법률이나 규정 위반이 아니어서 개정 전까지는 지킬 의무가 있어요. 이의신청하셔서 비송사건절차법에 따라 진행하더라도 선생님께 유리할 리 없습니다."

있는 그대로 아는 만큼만 말씀드렸다. 안타깝지만 요건까지는 내셔야 한다고 말이다. 기사님은 수긍은 안 되지만 뭐라도 도와주려고 진정성 있게 설명해 주니 감사하다고 하셨다. 아무것도 해드릴 수 없었지만, 마음이 풀어지셨다니 다행이었다.

때론 경찰도 동요한다. 딱한 사정, 그럴 수밖에 없었던 사연 등을 만날 때면 소리 없이 흔들린다. 어렵게 번 돈을 과태료로 내는 건 나 역시 안타깝다. 하지만 '진심' 감경 제도는 존재하지 않는다. 우린 판사가 아니라 법을 집행하는 경찰관이고, 뜨거운 진심도 냉정하게 판단해야 하는 처지다. 냉정한 판단에 속상해할 분들도 있겠지만 경찰관의 진심을 통해 '심리적 감경'이라도 꼭 받고 가셨으면 좋겠다.

## 흔적이 남는 일상

민원실은 별관에 있어 일부러 살펴보지 않으면 무슨 일이 있는지 가늠하기 어렵다. 민원실은 지구대나 파출소처럼 현장에서 근무하진 않지만, 결코 내근직이라고 할 수 없는 날것 그대로의 삶이 있다. 스침이 많아서, 기억할 것도 많다. 나는 직원들이 공석이거나 점심시간, 민원인이 몰려올 때 중앙 창구로 자주 나간다.

교통사고를 접수하러 오신 식당 사장님은 단순 사고가 아니라 재물손괴 건으로 진정서를 접수하러 민원실에 들르셨다. 창구에 있던 나를 보고, 초면인데 제복이 빛난다고 칭찬을 해 주셨다. 그러면서 인생에서 가장 중요한 것 세 가지를 깜짝 선물처럼 내어 주신다. 첫째는 지금 이 순간, 둘째는 지금 이 순간 만나고 있는 인연, 셋째는 지금 이 순간 함께하는 사람들에게 베푸는 선행이다.

지금 이 순간 함께하는 사람들에게 베푸는 선행. 마지막 선행이라는 단어가 메아리처럼 울려 퍼졌고, 나는 그 울림을 온몸으로 느끼고 있었다. 선행의 대상은 이 순간 함께하는 사람들이었다. 내게 걸어오는 민원인들, 공기처럼 무색무취 하지만 한결같이 일하고 있는 동료들에게 뒤늦은 후회나 거창한 계획 없이 선행을 베풀라는 뜻이었다.

한번은 지식인의 분위기를 풍기는 민원인이 오셨다. 66세가 되어도 여전히 대학에서 공부하신다며 배움을 멈추지 말라고 일러주신다. 배움은 높이가 아니라 '깊이'라고 말이다. 그분은 국제면허증을 발급하러 오셨는데 하와이 옆 '칼랄라우 트레킹' 코스를 가신다고 했다. 해안가 절벽을 걷고, 가던 길 멈춘 후 해먹을 펴고 책을 읽을 예정이라고 하셨다.

경찰과 민원인 사이에 주어지는 시간은 고작 5분 남짓이다. 바람처럼 지나가는 그들은 요청한 바 없는 선물을 내어 주고, 그 선물에 대한 반응은 남겨진 사람의 몫이라는 듯 초연하게 사라진다. 목적 없이 던진 한마디로, 목적 없는 사람에게 목적의식을 불러일으킨다.

우리는 언제 그랬냐는 듯 일상으로 돌아온다. 하지만 한동안 이런저런 울림을 곱씹으며 나의 오늘에 대해, 주어진 일에 대해, 함께하는 동료들에 대해 생각한다. 국제면허증을 발급하고, 갱신 면허증을 찾아주는 이런 단순한 일상 속에서도 자국은 남는구나. 사람이 사람을 만나는 일이라 스침은 울림을 동반하는구나.

나는 이런 스침이 참 좋다. 사람은 누구나 이야깃거리를 갖고 있고, 자신이 경험한 무엇을 나누려는 본성이 있다. 게다가 좋은 것은 나눠야만 한다는 사명감에 찬 사람처럼, 스치는 이들에게 무엇을 던진다. 이런 사람, 저런 사람 모두가 반가운 이유다.

## 호랑이보다 무서운 민원

민원 전화를 한 통 받으려면 무엇 하나 대충 알아선 안 된다. 교통관리 계장 2년 차에 접어들고 보니 민원인들이 가장 싫어하는 것이 나름으로 추려졌다. 첫째는 담당자에게 전화를 돌리는 일, 둘째는 전화를 돌리다 끊기는 일, 셋째는 '그런 것 같아요'와 같은 확신 없는 대답을 경찰관에게서 듣는 일이다.

전화를 돌리지 않고 한 번에 해결하려고 애쓴다. 하지만 담당 업무가 다르다 보니 현실적으로 쉽지만은 않다. 다행히 자기가 받은 전화는 자기 선에서 끝내도록 공통 업무를 정해 숙달했다. 계장이라고 해서 예외는 없다. 민원 전화가 폭주할 때는 담당자를 불문하고 우선 당겨 받아 처리하는 게 능사다. 게다가 민원인은 내가 계장인지, 담당자인지 모른다. 무조건 담당자라고 생각하고 자기 입장만 설파할 뿐이다.

세상도 그렇지만 민원 전화도 마찬가지다. 모르면 당한다. 대충 아는 척하다가는 똑똑한 민원인들에게 오히려 역풍을 맞는다. 친절의 대부분은 미소로 통하지만, 가끔은 신속함과 정확함이 핵심일 때가 있다. 민원 처리를 해보니 정확함은 나의 가장 큰 무기다. 확실한 내용을 알아야 자신감 있게 민원인들을 이해시키고, 오해 없이 설득할 수 있다. 목소리 하나로 서로에게 호감을 주고, 원성을 사기도 하는 것이 전화 민원이다.

대통령도, 청장님도 안 무서운데 경찰들이 가장 무서워하는 것이 있다면 바로 민원이다. 민원 응대에서 한 걸음 나아가 불만족을 표시한 사람들을 대할 때 경찰은 작아진다. 잘잘못을 떠나 민원인이 아니라고 하면 아닌 것이 되는 분위기는 힘들다. 성과에 반영되지 않고, 밑 빠진

독에 물 붓는 것처럼 민원에 시달릴 우려만 농후하다. 법대로 집행하고, 절차상 하자가 없는데도 늘 잘못은 경찰관 몫이다. 말 한마디, 눈빛 한 번 잘못 보낸 탓까지 고스란히 경찰관의 숙명으로 남는다.

교통민원실은 교통관리계의 또 다른 이름이다. 민원 처리가 주 업무다 보니 평범한 하루도 그냥 끝나는 법이 없다. 9시 출근, 6시 퇴근, 즉 나인 투 식스 근무를 부러워하는 이들도 적지 않지만 고요한 민원실 안에는 늘 폭풍 전야처럼 긴장감이 도사린다. 과태료 부서, 공익신고 분야, 면허 분야, 행정처분 분야. 크게 네 분야로 나뉘지만 면허 분야 외에는 단속 및 법을 집행하는 업무라 조용할 날이 없다.

고정식 과속 카메라에 단속되신 70대 할머니는 수긍할 수 없다며 민원실 바닥에 드러누우셨다. 경찰관 얼굴에 삿대질은 물론 민원인용 의자까지 집어 던질 기세였다. 연세를 가늠하기 힘든 강력한 저항 앞에 적잖이 당황했다. 급기야 장애인 남편을 모시고 와 민원실 앞에 누워야 면제해 주겠냐고, 아픈 사람까지 기어코 드러누워야 하겠냐고, 내가 드러눕는 데는 이골이 난 사람이라고 하셨다.

그분은 그렇게 생을 살아오신 듯했다. 자신의 잘못은 둘째고, 눈물을 곁들여 드러누우면 이긴다는 걸 학습한 듯 말이다. 속도위반은 누가 신고한 것도 아니고 현장 단속도 아니었다. 매일 그 자리에 우두커니 서 있는 고정식 카메라에 단속된 거였다.

3만 2천원을 과태료로 내야 한다는 건 억울한 일이다. 연세도 많고, 형편도 어려우니 그럴 수도 있겠다 싶었다. 하지만 우리를  경악시킨 건, 할머니가 거주하시는 집 주소였는데 최소 20~30억은 넘는 고급 아파트에 살고 있었다.

전쟁이 훑고 간 폐허와 같은 민원실에는 허망한 표정만이 날아다녔다. 강남에 근무하다 보니 이런 반전은 생각보다 많다. 이런 일을 겪다 보니 택시 일을 하면서, 폐지 줍는 일을 하면서 하루를 근근이 버틴다는 하소연도 곧이곧대로 들을 수 없다. 재산 정도는 참고사항이 아니지만, 최소한 '떼법'에 의존하지는 말았으면 하는 바람이다.

## 또 하나의 경찰

민원 창구 업무 외에도 모범운전자회, 녹색어머니회 등 협력 단체를 관리한다. 이분들은 경찰과 한마음으로 국민의 교통안전을 위해 봉사하신다. 모범운전자분들은 출퇴근 시간대 교차로 등에서 교통정리를, 녹색어머니들은 초등학교 앞 등굣길 교통봉사를 하신다.

한번은 녹색어머니회 회장님의 하소연을 들었다. 학교 앞 불법 주정차 차량이 있으면 일일이 전화해 이동시켜 달라고 사정하는 것이 회장님의 주 업무라고 했다. 건널목을 건너는 아이들이 불법 주정차 차량에 가려 사고 위험이 크기 때문이다. 그날도 어김없이 학교 앞 도로 갓길에 굳이 불법 주차를 한 사람이 있었다. 바로 옆이 자신이 거주하는 아파트 주차장인데 자리가 없다는 이유로 학교 앞을 선점한 모양이었다. 한두 번도 아니고 불법 주차를 일삼는 단골 주민이었다.

"나도 공무원인데, 단속 과정부터 다 알고 있거든요. 9시까지는 절대 차 못 빼요. 눈치껏 좀 하셔야지. 뭐야. 정말."

공무원이라는 사람이, 그것도 안다는 사람이 아이들

의 교통안전은커녕 봉사하시는 분께 그런 무례를 범할 수는 없었다. 9시면 아이들의 등교는 마무리되고 녹색 깃발도 철수하는 시간이다. 부득이 차를 옮길 수 없었다면, 봉사하시는 분들께 상처는 남기지 말아야 하지 않을까?

나는 왜 신고하지 않고 가만히 계신 거냐고 속상함을 털어냈다. 회장님은 전임 회장이 겪은 일을 이야기해 주신다. 전임 회장이 불법 주차된 차량을 신고해서 단속했더니 그 보복으로 주변 아파트를 돌아다니며 "여기가 녹색회장 집이냐"며 집집이 방문해 위협했다고 한다. 남이 겪은 일이지만 심장이 벌렁거렸다. "아니, 그걸 왜 참고 있어요? 협박죄로 신고해야죠." 하지만 경찰 논리로만 세상을 살 수 없다. 모두 이웃이었다. 좋은 게 좋은 거라며 품고 가는 수밖에 없었다.

협력 단체는 경찰의 일부다. 모양은 다르지만 제복을 갖춰 입고 수신호로 교통정리를 한다. 하루만 때우면 그만일 텐데, 놀랍게도 제복은 없던 사명감을 불러일으킨다. 그래서 경찰의 일부를 자청하면서, 국민에게 받는 질타와 비난까지도 감수하게 된다.

착한 운전 마일리지 제도가 있다. 일 년 동안 교통법규 위반을 하지 않은 운전자에게 매년 10점씩 마일리지를 적립해 주는 제도다. 신청일로부터 일 년 단위로 적립되는데, 위반이 없으면 서약은 자동으로 갱신된다. 단, 서약 기간에 위반할 경우 위반일로부터 무효가 되고, 다음 날 다시 서약하는 식으로 진행된다.

하지만 위반을 하더라도 이미 적립된 마일리지는 소멸하지 않는다. 벌점 40점을 받아 면허 정지가 될 위기에 처할 때, 적립해 둔 마일리지로 상계할 수 있다. 즉, 정지 처분을 면할 수 있는 면죄부가 주어지는 셈이다.

인생은 적립식이다. 누군가를 위해 희생하고 봉사한 시간은 켜켜이 쌓여 그분의 인생을 돕는 데 쓰인다. 선행은 닦은 만큼 쌓인다. 착한 일 해서 남 주냐고 하지만, 일부는 차곡차곡 쌓여 자신의 삶을 일으키는 데 쓰인다. '반듯이' 살면 '반드시' 복을 받기 마련이다.

# 긍정의 힘

 삼십 대 중반을 넘어가니 눈가에 주름이 급격히 늘었다. 관리가 부족한 탓도 있겠지만 웃음이 헤퍼서 그런 게 아닌가 짐작한다. 남들은 주름 신경 쓰느라 일부러 안 웃는다는데 나는 무슨 용기로 마구 웃어대는지 가끔은 나조차 나를 이해하기 어렵다.

그나마 위로가 되는 한 가지는 주름도 자연의 일부라서 정직하다는 점이다. 웃으면 눈가에 주름이 생기고 찡그리면 미간에 주름이 생긴다. 한창 허리 디스크로 고생할 때 미간 주름이 깊어져 마음이 아팠는데, 지금은 많이 웃어서 눈가 주름이 깊어지니 불행 중 다행이다. 눈가 주름을 지우고 싶어도 지울 수 없는 것처럼, 웃음의 흔적 역시 하루 이틀 사이에 만들 수 없다.

"무슨 좋은 일 있으세요?"

잘 웃는 내게 사람들은 수시로 묻는다. 의례적인 인사치레거니 생각하며 넘기다가도 '좋은 일'이라는 세 글자에 계속 마음이 맴돌았다. 좋은 일이 없는데, 정말 좋은 일이 생길 것만 같은 느낌말이다. 어쩌면 인상 쓰지 않고 웃으며 걸어 다닐 수 있는 것 자체가 좋은 일이다. '좋은 일'이라는 말이 주는 긍정적 효과는 계속되었다. 사람들은 내가 의도치 않았던 좋은 일도 날라다 줬다. 내가 노력한 그 이상의 보상을 받기도 했고, 예상치 못한 일들이 선물처럼 주어지기도 했다. 무엇을 바란 적 없는데 웃음이 좋은 일을 낳으니 계속 웃을 수밖에 없다.

## 부정을 부정하다

나도 모르게 '좋은 일'에 마음을 두고 사는 까닭인지, 어느 순간 주변에서 들려오는 부정적인 단어에 예민하게 반응한다. 긍정적인 말로 고쳐야 한다는 사명감과 함께 말이다. 일례로, 경찰서 출입문 지문 인식기 멘트를 보자. 멘트는 두 가지다. 인식이 되면 "인증되었습니다", 인식이 안 되면 "인증에 실패하였습니다"라고 한다. 성패 논리라면 "인증에 성공하였습니다"가 맞다. 부득이 실패만 강조하는 꼴이 귀에 거슬린다.

가끔 기계 오류로 수십 번씩 지문 인식을 시도할 때가 있다. 자기 잘못도 아닌데 자잘한 일에 '실패'를 연거푸 확인시키니, 성공할 마음이 달아나지 않을까. 출입문 하나도 열리지 않아 실패했다고 세뇌당하는데, 인생이 어떻게 순탄하게 열릴 것인가. 같은 값이면 말이라도 긍정적으로 골라 했으면 한다.

예를 들어, 실패했다는 말 대신에 "다시 시도해 주십시오"라고 대체하면 어떨까? 부정적인 말에 노출되다 보면, 아무렇지도 않은 곳에서 행운은 세어나간다. 말의 파장은 어마어마한데, 우리는 대수롭지 않게 여긴다. 문제는 실패가 아니라, 실패라는 단어에도 아무 반응이 없는 인식이 문제일지도 모른다.

웃음이란 피상적인 형상에 그치지 않는다. 자세히 들여다보면 웃음이란 결국 긍정적인 마음이자 열린 생각이며, 소통의 출입문이다. 굳이 마음마저 숨기며 웃을 필요는 없지만, 부정을 부정할 수 있는 자각과 함께 매사 마음 열고 살아가는 마음을 챙기면 좋겠다.

## 친절한 신 모 씨

살면 살수록 부모님이 삶에 미치는 영향이 참 크다는 걸 깨닫는다. 공부하라는 소리는 들은 적 없지만, 인사 잘하라는 소리는 인이 박힐 정도로 들었다. 시골이라 '저 집 자식들은 어떻다'라는 뒷말에 민감한 탓도 있었고, 예의만 바르더라도 자기 밥벌이는 한다는 부모님의 교육관 덕분이었다.

청소부 아줌마나 경비 아저씨는 물론, 나를 스치는 모든 인연 앞에서 꼬박꼬박 인사를 했다. 미운 사람을 봐도 예외 없이 고개부터 숙인다. 습관이다. 인사는 생각보다 정직해서 마음 없이는 힘들다. 아주 간단한 동작 같아도 고개를 숙이는 각도나 표정, 인사 후 행동 등을 보면 진심인지 아닌지 금방 짐작할 수 있다. 웃음을 뺀 인사는 그야 말로 시체다. 그만큼 밝은 미소를 곁들여야 진정성이 돋보인다.

나는 웃으며 인사하는 밝은 아이로 자랐다. 경찰이 되면서 인사하는 습관은 더욱 빛을 발했다. 인사만 잘해도 중간은 간다더니, 신임 시절부터 인사 덕분에 능력 이상으로 많은 사랑을 받았다. 이렇게 말하면 내가 정말 착한 사람 같은데, 그건 아니다. 예의를 갖춰 인사하지만, 그 웃음을 먹어 치우는 사람도 있다. 그냥 받기만 해도 양반이다. 어떤 이들은 굳이 인상까지 쓰면서 내 기분까지 망친다. 그럴 때는 보란 듯 더 웃는데, 주는 거 없이 밉상인 사람에게 겨드랑이를 간지럽혀서라도 웃는 걸 알려 주고 싶은 욕심 때문이다.

하지만 시시때때로 웃어야 하는 건 아니다. 신임 때는 잘 보이기 위해 웃은 적이 더 많았다. 선임 선배님들의 요구도 있었지만, 밝은 미소와 친절은 신임의 기본이라고 자각했다. 나 역시 웃음으로 인해 오해받은 적도 많다. 경찰관이 웃음이 너무 헤프다며 핀잔을 주시는 분, 실없이 웃으면 얕잡아 본다고 조언해 주시는 분도 있었다. 승진을 준비할 때는 잘 보이려고 과하게 노력한다는 오해도 받았고, 그냥 웃음 자체를 곱지 않게 보는 시선도 있었다.

신임 때, 전화친절도 점검이 한창이었다. 갓 경찰에 입문한 나는 기본 지식도 없고 경험도 부족해서 전화벨만 울려도 가슴이 두근거렸다. 어느 날, 야간 상황근무를 하며 전화 한 통을 받았는데 느낌이 남달랐다. '이건 전화친절도 점검인데?'라는 확신이 들었다. 평소보다 더 친절하게 열과 성의를 다하는데, 갑자기 절도죄와 강도죄의 공소시효가 몇 년이냐고 묻는 것이 아닌가. 수험생 때 분명 외웠는데 왜 바로 대답이 안 나오는 건지, 업무노트에서 공소시효를 찾고 있는데, 옆에 계시던 조장님이 전화를 확 낚아채 가셨다.

"아니, 업무와 관련이 있는 걸 물어봐야지. 아무리 평가라도 이런 걸 물으면 어떻게 해요! 공소시효 알아서 어디에 써먹게!"

그러면서 전화를 끊어 버리셨다. 속은 시원했지만, 조장님과 나는 다음 날 경찰서 청문감사관실로 소환됐다. 야간근무 후 퇴근도 못 하고 꾀죄죄한 몰골로 말이다. 죄인처럼 친절도에 대해 귀가 따갑도록 들었다. 분명 잘못했는데, 그 상황이 얼마나 웃겼던지 웃음 참느라 곤욕이었다.

공권력의 상징인 경찰 조직 내에도 친절 개념은 뿌리내리기 시작했다. 경찰이 무슨 친절이냐고 반문하는 여론도 있지만, 경찰 업무의 대부분은 민원 응대를 포함하고 있기에 친절은 피할 수 없는 숙명이다. 친절이 경찰관에 대한 부정적 인식과 불신을 해소할 기회가 된다는 점에서 개인적으로 환영한다.

덕분에 웃음에 대해 스스로 답을 찾아가기 시작했다. 이미지 관리, 타인과의 적당한 관계 유지, 하다못해 친절도 평가를 위해 웃음을 남발했던가? 아니다. 나는 웃음 안에서 행복을 발견한다. 타인을 위해 내어 주는 미소와 웃음, 친절 속에서 소소하지만 확실한 행복을 찾았고, 그 행복 덕분에 더 환하게 웃을 수 있었다.

먼저 내어 주고 안 받아도 그만인 상태, 아니 안 받아야 더욱 빛나는 일이 베품이다. 그중에서도 으뜸은 마음 베풀기다. 눈가의 주름이 생길 때마다 내 마음의 주름은 곱절로 퍼진다. 어쩌면 경찰이 천직인 게 아니라, 웃으며 정성을 다해 베푸는 것이 천직이구나 생각할 때가 있다. 아무도 모르는, 말해도 믿기 어려운 이 행복 덕분에 더 밝게 웃을 수 있다.

## 소통 실수에 대한 '관대함'

S 과장님이 정문을 통과하는데 근무 중이던 의경이 누구냐고 질문했다. "나야, 나"라고 답하자, "아, 야쿠르트 아줌마요?" 했다가 크게 혼이 났다. 그 후 과장님 사진을 프린트해서 외우는 조치가 취해졌다. 사실 입초 근무자라면 직원 얼굴을 모두 외우진 않더라도, 최소한 직원인지 외부인인지는 구별해야 한다. 그것은 의경이 근무하는 목적이기도 하다.

하지만 이 사건은 전형적인 소통의 실수로 빚어진 일이 아닐까 생각한다. '나'라는 애매한 지칭 대신 '소속과 이름'을 정확히 답해 주어야 한다. 야쿠르트 사건을 듣자 경험담이 생각났다. 기동대 근무를 이수하고 일 년 만에 다시 수서로 돌아왔을 때다. 종종 후문을 이용하는데 출입문 비밀번호가 맞지 않았다. 포기하려는 순간 낯선 의경 몇 명이 지나갔다. 멋쩍지만 출입문 비밀번호가 뭐냐고 물었다.

"민간인에게는 가르쳐 줄 수 없는데요."

"아, 미안해요! 상황 2팀장인데 알려줄래요? 오랜만에 왔더니 예전 번호가 아니네요."

"네, 죄송합니다."

"아니에요. 정말 잘했어요. 민간인들한테는 절대 알려 주지 마세요."

예의와 소통은 철저히 구분해야 한다. 제복을 입으면 제복 안으로 생각과 마음이 갇히기 마련인데, 특히 계급 안에만 머물면 작은 실수도 권위에 대한 도전으로 여긴 다. 리더십은 권위가 아니라 영향력이라는 말이 있다. 제 복과 계급이 주는 신성한 가치를 편한 대로 재해석하지 말았으면 한다.

열린 마음은 자동문과 같다. 새로운 기회, 행운이 언제 든 찾아오면 마음의 문을 활짝 열고 반겨주면 될 일이다. 소통하는 과정에서 오는 실수에 관대한 문화야말로 조직 을 건강하게, 행복하게 유지하는 비결이 아닐까.

# 나와 당신,
# 우리의 '라이브'

 경찰이 된 후 범인 검거보다 먼저 배운 것이 종이 파쇄 법이다. 경찰이 생산하는 문서 대부분이 기밀에 속하기 때문에 파쇄는 일상이다. 당시 관리반장님은 보존 기간이 지나간 문서를 정기적으로 폐기했는데, 한번은 옆에서 거들 기회가 주어졌다. 하지만 허리까지 쌓인 서류들은 줄어들 기미가 없었다. 갓 발령받은 터라 정성을 다해 한 장 한 장 밀어 넣고 있었다.

"반장님, 쉬운 줄 알았는데 마음대로 잘 안 돼요."

반장님은 파쇄가 기본이라며 한 움큼 잡은 문서를 미

끄럼 타듯 연이어 갈았다. 마치 풀로 붙여놓은 문서처럼 일렬로, 걸림 없이 착착 밀어 넣었다.

"앞 장이 뒷장을 끌어당기는 힘으로 갈아야 해. 왼손에는 서류 뭉치를 잡고, 오른손으로 미끄러지듯 흘려보내면 저절로 들어가게 된다고. 줄줄 딸려 들어갈 거야."

몇백 장짜리 문서가 순서를 기다렸다는 듯 빨려 들어가는 모습이 멋졌다. 비결이 없을 것 같은 단순 잡무에도 팁이 있었다. 한두 장씩 끊어서 갈면 시간은 곱절로 걸린다. 얼마나 신기한 기술인지, 아직도 파쇄기 앞에만 서면 그때의 놀라운 기술이 살아 움직이는 듯하다.

청장님께 어떤 파일을 보내 드린 적이 있는데, 파일명을 보시더니 파일명 정리만 잘해도 훨씬 수월하다고 하셨다. 파일명만 봐도 그 자료가 언제 만들어졌는지, 주요 내용은 뭔지 알 수 있게 해 놓으라는 것이었다. 먼저 작성 연월일을 적고, 핵심 내용을 간추려 제목을 만들어 정리하라는 것이다. 예를 들면, '180402 교통사고사망 감소를 위한 홍보 방안'처럼 파일명에 사건의 주요 내용을 녹이는 것이다. 이렇게 정리하면 문서를 생산할 때마다 생산

된 순서대로 자동 정렬된다. 앞쪽에 배치한 작성 '연월일' 덕분이다.

내가 작성한 문서만큼은 한 치 흐트러짐 없이 이렇게 관리 중이다. 별거 아닌 것 같아도 일의 효율성 측면에서는 단연 최고다. 파일명만 봐도 일의 방향이나 흐름을 가늠하기 쉽다. 대수롭지 않게 넘길 수 있지만 이 소소한 가르침이 내 인생에 얼마나 큰 변화를 선사했는지 모른다. 지금도 하루에 수십 개의 파일을 주고받지만, 파일명을 이렇게 정리하는 사람들은 의외로 드물다. 기본 중 기본인데, 스스로 기본기를 닦는 건 예나 지금이나 어렵다.

## 질문도 때가 있다

경찰 경력 14년이지만 여전히 나는 질문하기를 멈추지 않는다. 모르면 묻는 것은 기본이고, 좀 더 나은 방법이 있는지 물어야 성에 찬다. 지금도 모르는 것 앞에서는 언제나 장 순경이 된다.

신임, 후배라는 이름은 모르는 것을 모른다고 해도 전혀 죄책감이 없는 신분이다. 하지만 요즘은 묻기를 주저하는 후배가 많다. 그래서 선배들은 우려하며 이야기한다.

"모르면 물어야지."

가르쳐 줄 준비가 되어 있는데도 묻지 않아 답답하다는 뜻이다. 주입식 교육은 한계가 있고, 기다려도 묻지 않으니 난감할 수밖에 없다. 질문도 때가 있다. 경감이 되고 보니, 이젠 어디 가서 해맑은 표정으로 묻기 어려울 때가 많다. 경험과 연륜에 책임을 져야 하고, 질문 대신 질문을 받는 위치나 입장이기 때문이다.

한때는 묻는 것이 부끄러웠다. 하지만 몰랐던 것을 알고 나면 알기 전의 나는 사라지고 없다. 이미 한 단계 성장한 나만 있을 뿐이다. 특히 신임들에 있어 질문이란 아는 것을 넘어 애정이 있다는 증거와도 같다. 예전처럼 선배가 전해주는 비결만이 답인 시대는 지났지만, 선배만이 가진 비결과 팁들을 적극적으로 흡수하면 업무 능력이 훌쩍 성장한다. 무엇보다 배우는 태도를 단련할 수 있다.

다만 용기 내 물었다면 두 번 다시 묻지 않겠다는 의지가 필요하다. 질문해 얻은 답은 업무노트나 나만의 메모장에 기록해 언제든 찾아볼 수 있도록 해야 한다. 기록

한 번이 몇 번의 질문보다 유용하기 때문이다. 질문과 기록, 이런 수고로움이 모이면 나만의 비결로 거듭난다. 모르는 건 죄가 아니지만, 알기를 포기하는 것은 종종 죄가 되기도 한다.

## 1센티미터의 기적

경감 승진 시험에 주관식 과목, 즉 경찰 행정법이 포함된다. 10년 넘게 찍기 시험에 단련된 터라 주관식 시험 앞에서 큰 압박감을 느꼈다. 특히 초시생들은 주관식을 처음 경험하는지라 합격자 서브 노트를 받아 암기하기에 바쁘다. 나 역시 합격한 지인들에게 몇 개의 서브를 받았지만, 성에 차지 않았다. 근평에서 매우 불리한 위치에 있는 만큼 주관식에서 고득점을 받아야 승산이 있어 더 욕심이 났다.

안면을 몰수하고 전년도 수석 합격자인 M 팀장님께 쪽지를 보냈다. 초면에 큰 실례였다. 서브 노트를 부탁하려던 것인데, 전화상으로 비법을 알려 주겠으니 가능할 때 전화를 하라고 했다. 1초의 망설임도 없이, 행운을 놓칠세라 바로 전화를 걸었다.

수화기 너머로 들려오는 수석 합격자의 포스에 존경심이 일었다. 그분은 수험자의 심정을 진하게 담아 알려주었다. 지금은 아무리 이야기해도 다 이해할 수 없으니 종이를 준비해서 천천히 받아 적으라고 했다. 어느 정도 공부가 된 후 다시 보면 그땐 자기가 무슨 말을 하는지 이해할 거라고 하면서.

시키는 대로 A4 용지 몇 장에 비법을 받아 적었다. 이해가 아니라 필사 수준이었지만, 단 하나라도 놓칠 수 없다는 일념으로 빠짐없이 적었다. 귀한 서브 노트와 합격비결, 수석 합격자의 긍정적인 기운까지 가득 받았다. 수석자의 서브 노트를 품에 안자 든든했다. 아무리 좋은 서브 노트라도 자신만의 것으로 재탄생시켜야 한다는데, 수석자 서브 노트인 만큼 기본 틀로 삼고 고득점을 위해 계속 첨삭했다.

일과 육아를 병행해야 하는 내겐 길고도 험난한 길이었다. 공부가 가장 쉽다는데, 그 쉬운 공부에 덕지덕지 붙어 있는 엄마의 책무는 무겁기만 했다. 그렇게 시간은 흘렀고 수석 합격자의 기운도 점점 망각하고 있던 찰나였다.

승진 카페에서 경감 시험의 달인으로 유명한 H 경감에 대한 소문이 자자했다. 도움을 요청했다. 그는 나를 모르지만, 용기를 내 접선을 시도했다. 그가 제작한 서브 노트는 경감 주관식의 정석과도 같았고, 전국에서 주문이 쇄도했다. 카페 활동도 왕성하지만 동료들에게 합격 비결을 진심으로 전수하는 분이셨기에, 그의 진정성을 믿고 용기를 냈다.

밑져야 본전이라는 심정으로 그분께 문자 메시지를 보냈다. 어린 딸 둘을 키우며 승진을 준비하려는데 도와주시면 안 되겠냐는 내용이었다. 눈물 없이는 볼 수 없는 연민 유발형 호소문이었다. 그분은 문자를 받자마자 통화가 가능하면 전화하라고 했다. 그렇게 시작된 2시간의 비법 전수가 이어졌는데 들으면 들을수록 그분의 남다른 노력이 경이롭기까지 했다.

무엇보다 기억에 남았던 건, 철저한 준비의 끝을 보여주었다는 점이다. 채점위원들이 눈에 피로가 가지 않도록 글씨를 시원시원하면서도 정자체로 바르게 적으라고 했다. 여기까지는 여느 합격자들과 똑같다.

하지만 깔끔한 답안지를 위해 그가 내놓은 필살기는 답안지 왼쪽과 오른쪽 끝에서 각 1센티미터씩을 들여쓰기 하라는 것이었다. 어림짐작으로 1센티미터를 띄워 목차를 정렬해도 좋지만, 15센티미터 자를 준비해 연필로 그은 후 다 적고 나면 지우개로 지우라고 권했다. 그러면 칼 같은 정렬에 채점위원들도 탄복할 것이라고 했다.

채점위원들의 눈 피로까지 고려한 그의 치밀한 준비와 노력은 진정 놀라웠다. 길을 잃고 헤맬 때마다 수석 합격자와 H 경감이 나에게 전해 준 비법을 등대 삼아 방향을 잡았다. 비결을 답습하고, 그 과정에서 나만의 비법으로 체화시켰다.

## 나를 깨다

육아휴직을 마치고 정보과로 복직했다. 긴 공백에 대한 두려움도 있었지만, 엄마가 된 후 의미 있는 배움에 관심이 생겼다. 그러다 경찰서에서 수화 동아리를 운영한다는 소식을 듣고 바로 등록했다. 통상 민원실처럼 민원 응대 부서에서는 의무적으로 수화를 배우기도 하는데, 이번은 달랐다. 목적을 뺀 순수한 접근이었다. 매달 자비로 수업료를 모아 수화를 배우다니, 스스로 놀라웠다.

나는 장애 앞에 편견과 거부감이 있었다. 임신을 해본 엄마들을 안다. 임신하면 좋은 것만 먹고 좋은 것만 보는 거라고, 그래야 건강하고 예쁜 아이를 출산할 수 있단 걸 말이다. 두 번의 출산을 통해, 그리고 수백 번의 흔들림을 통해 편견이 조금씩 깨졌다. 누구도 아프기를 원하지 않는다. 내 아이가 아팠던 것도, 부모님이 아프신 것도 마찬가지다. 그래서 더 자신을 내려놓고 싶었다. 철저히 이기적이었던 나를 말이다.

몇 달 수화를 배웠다. 수화가 손에 착착 붙었다. 배움에 '해야 하는 이유'를 달지 않으니 그 자체가 즐거웠다. 함께하는 동료들도 숨은 재능을 발견한 것 같다며 힘을 보탰다. 하나를 배우면 그 하나는 완벽하게 습득했다. 손끝에서 펼쳐지는 언어 예술은 가슴을 울렸다. 강사님은 우리가 모르는 수화의 숨은 의미와 이면에 깃든 아픔과 상처까지 따뜻하게 설명해 주셨다. 수화는 마음의 언어다.

오른손 검지를 구부려 귀 근처에 대고 귀 파는 시늉을

하는 수화가 있는데 이는 시끄럽다는 뜻이다. 선생님이 말씀하셨다. "농아인은 시끄럽다는 수화를 쓰지 않아요. 시끄럽다는 것을 느낄 수 없잖아요. 결국 일반인들이 필요 때문에 만들어 낸 단어에 불과하죠." 누구를 위한 수화인지, 배움을 자처한 우리는 이런 일반인의 폭력을 자각하고 있는지 의문이 들었다. 본질은 모른 체 귀 파는 시늉만 열심히 하는 내가 부끄러웠다.

내가 무엇에 몰입하면, 주변에서 그 몰입을 돕는 손길이 거짓말처럼 모인다. 수화도 마찬가지다. 마침 음악 프로그램에서 어떤 가수가 '사랑의 서약'을 수화로 불렀다. 종종 유튜브에서 이 영상을 찾아 본다. 나쁜 기운이 빠지고, 좋은 기운이 채워지며 먹먹한 감동이 인다. 먹먹함의 출처는 깊게 생각하지 않기로 했다. 인생은 먹먹함의 또 다른 이름이니까.

## 폴리스 열정 아카데미

폴리스 열정 아카데미란 2009년부터 경찰청에서 추진한 '저자와 함께하는 독서토론회'의 이름이다. 본청에서 추진하다 보니 최고의 저자들이 참여했다. 김훈, 신경숙, 고도원, 김진명 등 이름만 들어도 감탄사가 절로 나오는 유명 작가들이 매달 한 명씩 초빙되었다.

당시 경북청에 근무하고 있었는데, 내부 게시판에 일정과 후기들이 올라올 때마다 가슴이 타들어 갔다. 꿈과 열정으로 가득한 분들에게 보이지 않는 에너지를 받고 싶었다. 철부지 소녀처럼 간절히 원했지만, 평일 저녁 KTX를 타고 서울까지 갈 용기는 선뜻 내지 못했다.

그렇게 2년이 흘렀고, 남편을 따라 서울로 왔다. 인생 한 판 뒤집는 심정으로 서울행을 결정했는데, 폴리스 열정 아카데미가 나를 기다리고 있었다. 내게도 꿈과 만나는 순간이 온 것이다. 서울 생활이 두렵고, 지칠 때마다 '폴리스 열정 아카데미가 있잖아' 하며 스스로 다독일 정도로 열성 팬이었다.

2012년 2월, 23회 독서토론회에 처음으로 참석하며 강헌구 작가와 《가슴 뛰는 삶》을 만났다. 내 마음을 그대로 옮겨놓은 듯한 책의 제목까지 완벽했다. 한동안 자기계발서는 지겹다며 멀리하던 때가 있었다. 겉치레만 요란

할 뿐, 가슴을 울리는 무언가가 없었다. 강 작가와의 첫 만남은 감동 그 자체였다. 한 사람의 인생이 걸어와 나를 두드려 깨우는 경험을 맛본 것이다.

그 후 박웅현 작가의 《책은 도끼다》, 이주헌 작가의 《역사의 미술관》, 서희태 작가의 《클래식 경영 콘서트》를 연이어 만나 열정을 수혈받았다. 박웅현 작가는 1음절 감탄사만 연거푸 나오게 한 내 인생에 없어선 안 될 스승이다.

출산하면서 독서토론회와 다시 멀어졌다. 아이들이 연년생인 덕분에 육아에서 벗어나기 어려웠다. 대신 가슴에 아로새긴 꿈과 열정을 침체기마다 꺼내 보고 자신을 일으켰다. 열정도 에너지라서, 쌓아 두면 필요할 때 꺼내 쓸 수 있다는 걸 새삼 느꼈다.

둘째 출산 후 조서환 작가의 《근성》을 만났다. 마지막이었다. 나도 바빴지만, 얼마 후 폴리스 열정 아카데미도 어떤 사정으로 더 진행하지 않았다. 오른손을 잃은 작가님은 왼손으로 '나연 & 주연'이라는 글씨를 책에 새겨 주었다. 나의 꿈과 열정이 딸아이에게로 고스란히 전달되는 느낌이었다. 힘들게 달려가 기어코 '꿈'과 조율한 덕분에 얻은 선물이었다.

나는 여전히 나만의 폴리스 열정 아카데미를 찾아 헤매고 있다. 꿈이 있다면, 열정이 있다면, 어디든 찾아간다. 가슴까지 반응하는 일이라면 마다하지 않는다.

## 나누며 기록하는 삶

K 행정관이 민원 전화를 받고 한참을 통화했다. 언성이 높아졌다가, 한숨이 새어 나왔다. 억울하지만 다 토해 내지 못하고 끙끙 앓는 것이 전해졌다. 민원인은 자신이 단속된 것에 울분을 토하며 드라마 〈라이브〉를 보냐고 물었다고 한다. 시간이 없어 드라마는 보지 못했다고 하자, 민원인은 드라마를 보면 자신이 무슨 말을 하는지 이해할 거라고, 〈라이브〉를 보고 자신이 말하는 뜻을 이해하라고 '지시'했다.

K 행정관은 몇 달 전, 시간제 채용 공무원으로 임용되어 경찰서에서 근무 중인데 '짭새'라는 소리만 들어도 화가 난다고 했다. 오기가 발동해서 아이들을 재운 후 〈라이브〉를 시청하고 출근했다는 말에 한참을 웃었다.

우리에게 법보다 무서운 것이 민원인들의 말이다. 우리 역시 적어도 그들의 억울함과 사연들을 이해하려고 부단히 애쓰고 노력한다. 무엇을 해 줄 순 없지만, 답답한 마음은 털고 갈 수 있도록 말이다. 드라마에 나오는 등장인물처럼 멋있게 사안을 처리할 수 없지만 말이다.

요즘 내부망 게시판에 '라이브'라는 제목으로 많은 글이 올라온다. 드라마 〈라이브〉를 패러디한 뉘앙스다. 실화를 엮어 만든 경찰들의 창작물이지만, 지난 시간이 생각나 보는 내내 눈물을 흘렸다. 사실은 드라마보다 더 드라마 같은 것이 현장이다. 별 탈 없이 마무리되는 하루들이 그저 대견하다.

우리는 오늘도 저마다의 '라이브'를 촬영하고 있다. 대부분 내가 주인공이지만, 가끔은 옆 동료의 하루가, 가끔은 민원인의 애절한 사연이 주제가 된다. 스치는 인연들이 남겨준 이야기, 그 안에 담긴 아름다운 삶을 기록하는 경찰이 되고 싶다. 어쩌면 나도 모르는 누군가가 나를 기억해 주고, 누군가가 모르는 것을 내가 기억해 주고, 그렇게 서로의 일상을 나누고 기록하며 살고 싶다.

삶의 조각들, 그 흔적들이 기록으로 탄생하면 우린 누구나 역사의 한 중심에서 살아 숨 쉴 것이다. 현재에 살되, 잔잔한 과거의 추억으로 더 흐뭇한 오늘을 살아 낼 수 있다면 좋겠다. 경찰들의 삶을 기록하고, 한 편의 드라마로 엮는 위대한 역할을 꼭 해내고 싶다.

# 나는
# 여경이 아니라
# 경찰관입니다

초판 1쇄 발행　　2018년 9월 28일
초판 3쇄 발행　　2022년 5월　4일

지은이　　　　　　장신모

펴낸곳　　　　　　(주)행성비
펴낸이　　　　　　임태주

편집장　　　　　　이윤희

출판등록번호　　　제2010-000208호
주소　　　　　　　경기도 파주시 문발로 119 모퉁이돌 303호
대표전화　　　　　031-8071-5913
팩스　　　　　　　0505-115-5917
이메일　　　　　　hangseongb@naver.com
홈페이지　　　　　www.planetb.co.kr

ISBN 979-11-87525-83-7 03810

행성B는 독자 여러분의 참신한 기획 아이디어와 독창적인 원고를 기다리고 있습니다.
hangseongb@naver.com으로 보내 주시면 소중하게 검토하겠습니다.